이별ing

이별ing

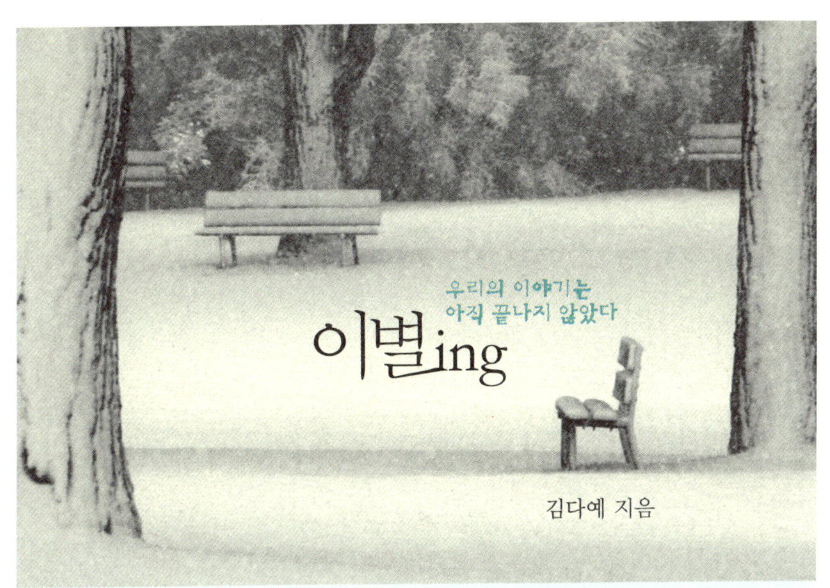

이별ing

김다예 지음

21세기북스

contents

만 리 밖 오고 있을
그대를 기다리다

090

결국 그리움도 나무가 되어 | 그대가 보고 싶어 일부러 웅덩이에 발을 담글 그날까지 | 그대의 하루가 그리운 날에 | 더 용기를 냈더라면 | 당신의 진심 | 정말 사랑도 습관입니까? | 당신이 몰고 온 햇살 | 고장 난 공중전화, 그 앞에서 낯선 기침만 콜록대던 그 해 겨울을 | 앓던 밤을 지나 겨우 눈을 뜨니 멀리 동이 트고 있었네 | 몸이 만신창이가 되고 난 후 마음이 새 장을 열기 시작했네 | 걱정시킬 수가 없어 더 아프지 않은 척 해야 하는 걸 배웠다면, 단지 마지막 기승이었노라고 | 꽉 차오른 건 텅 빈 것과 종이 한 장 차이 | 세상의 당연한 이치 | 해가 바뀌고 또 가을이 되었는데도 | 안전지대 | 착각 | 사랑니, 그리고 | 아직은 낯설지만 낯선 대로 또, 다행이라고 | 오래 전 소화된 그 마음이 다시 목에 걸린 기분으로 | 내 마음이 너무 초라해서, 그 초라함을 내가 견딜 수 없어서 | 망각의 동물이라는 건 저 멀리 어느 행성에나 존재하는 외계인이 아닌가 하고 | 젓가락 행진곡 | 당신을 통해 내가 자란 흔적 | 나는 꿈속에서 노래를 불렀네 | 나 지금, 울고 있어요 | 인정하기 | What do you want? | 나약함에 대하여 | 어줍지 않은 위로도 할 수 없어서 | 왜 떳떳하질 못하나요 | 끝없는 이야기 | 상실의 끝에서 놓지 못하고 있는 것은 | 지금 최선을 다하지 않으면 | 아무 희망이 없다는 것 | 사람의 일이라 해도 | 놓지 못하는 게 아니라 놓아지지 않는 것이기에 | 오르는 법을 배웠으면 내려오는 법도 알아야 한다며

하얀 결정체

슬픔이 응고된 평화 위를 걷다

172

그 녀 가   그 에 게 · · ·

전춘날

발걸음도 듣지 못한 봄날의 끝

숱한 계절이 나를 스치는 동안
당신은 그보다 더 많이 나의 문을 두드렸습니다.
마침내 내가 그 인기척을 느꼈을 때
어느새 계절은 봄의 마지막 날에 다가와 있었습니다.
우리의 봄은 어디로 갔을까요?

사과문

제때를 놓치면 항상 가슴이 철렁 내려앉습니다.
왜 한발 늦어서야 알게 되는지.

이별 ing

많이 미안해하고 있습니다.
그 마음 진작 알아주지 못하고
알아놓고도 당신을 의심하며 경계했습니다.
어리석게도 내 마음은 더 몰랐습니다.
가랑비에 옷 젖는 줄 모르고 교만했습니다.
한 걸음 늦은 나는 지금 큰 후회를 하고 있어요.
미안해요.
정말 미안합니다.

늘 우리들 머리 위로 펼쳐져 있던 푸른 하늘은
작년 그대로 올해 그대로인데
나는 이제야 빈자리를 알았어요.

나 힘든 것만 생각하고, 내 삶만 생각하고,
생각 없이 내뱉고 생각 없이 대해서 미안해요.

눈을 맞추지 않음에 불평하면서
정작 나를 향하던 눈길을 무시했습니다.
못 알아보고, 못 알아줘서

이별 ing

너무 뒤늦게 깨달아서 정말 미안합니다.
늦어서 미안해요.

나는 당신을 너무 오래 오해했어요.

오만했던 사람은 그가 아닌

너무 자신만만했고
한 치 앞을 알 수 없는 세상일을 쉽게 생각했습니다.
지금 이 혼란이 불쾌한 진짜 이유는
스스로 용납할 수 없는 결정적인 무엇이 있기 때문이죠.
시선이 삐딱하면 절대로 좋게 뵈질 않는다는

누군가의 충고를 단 한 번이라도
귀 기울였다면.

처음 심장이 뛰던 날

혹시나 그를 볼 수 있지 않을까 싶어
처음 내 가슴이 뛰던 곳에 와있다.
아직 얼마 되지 않은 기억인데
잡히지 않는 신기루를 본 양, 부서지는 저 햇살이 너무 멀다.

한때 시야 밖에 있던 타인에게 심장이 뛰는 이 생경함은
스스로를 외면하게 만들고 있다.

내가 모르는 내가 있다.
나 자신을 온전히 이해하는 건
타인에게만큼이나 어려운 일임을 일찍이 몰랐다.

벚꽃이 절정에 달할 때 하필 시험에 매진해야 하는 학생들은
그 눈부신 광경을 마음 놓고 볼 수가 없다.
그러나 내가 보지 못한 건 벚꽃만이 아니라
이미 몇 계절을 이어온 한 남자의 묵묵한 사랑과
마지막 봄날 첫 싹을 틔운 내 마음이었다.

보지 못한 건 이보다 더 많았다.

이제 막 겁쟁이가 된
사람의 현상

斷
念
.

언제부턴가, 보고 싶으냐는 질문을 받을 때마다 그렇게
단념을 달기 시작했다.

한 걸음만큼 잊어가기

오늘 다짐 하나를 했습니다.

'한 걸음만큼 잊는 거야. 잊혀지는 거야.'

그러니 하루 동안 걸은 수만큼

그대가 잊혀지고 멀어지지 않겠어요?

힘든 줄 모르고 열심히 걸었어요.

언젠가는 잊혀질 거라는 가까운 미래에 대한 희망.

희망이라 할 수도 없는 희망.

하지만 그렇지 않으면

지금 이 고통을 견뎌낼 방법이 없으니까요.

아직은 내가 먼저 다가갈 용기가 없으니까요.

늦은 저녁 집으로 돌아오는 길 위에 선 나는

제법 편안했던 것 같은데

집 앞에 다다라 정신을 차렸을 땐

한참을 축 늘어진 채로 터덜거리고 있더군요.

언젠가 말없이 눈물만 떨구는 나를 보고 누군가
속 시원히 말해보라 했지만
나는 결국 아무 말도 할 수가 없었어요.
그런 나는 딱 한마디밖에 하지 못했어요.

"제 업보예요."

이제, 마음의 동요는 그만.

나는 오늘도 아주 많이 걸어서
당신은 옛날 옛날 아주 먼 옛날의 사람이 되었습니다.
그것이 실제로 그렇게 되었는지
아니면 내 바램에 불과한 것인지는 중요하지 않아요.
내게 중요한 것은 걸음을 내딛는 만큼, 치열하게 잊어가는 것.

So goodbye yellow brick road.

A
BOOK
OF
LOVE
POETRY

Soul Mate

절망 속에 울고 있을 때 나의 언어로 달래주던 그대.
멀리 그리고 오래 헤어져 있음에도
가슴 깊은 곳에 더 가까이 다가와 있어
하루의 시작도 끝도 가장 먼저 나의 인사를 받는다면
어쩌면 지금 그대도…….

냉정

내 사랑의 방식이 차디찬지 뜨거운지 구분하기란 어렵다.
냉정이 열정일 수도 있다.
열정이 냉정일 수도 있다.

내 사랑은
냉정한 얼굴로 열정을 꽁꽁 숨겨놓은 것 같다.
불처럼 끓어오르는 것을
거대하고 냉랭한 바다 속으로 던져버린 것처럼.

있는 그대로 펼치지 못할 열정이라면
차라리 시리도록 견고한 얼음 속에 뚝 떼어내
얼려버리면 되지 않을까.

생각보다 씨름은 길지도, 험난하지도 않았다.

차라리 시리도록 건조한 열망 속에 빛 떼어 내 얼려버리면 되지 않을까.

모퉁이 해바라기

늦은 저녁, 떨어지는 낙엽을 무심히 지나치며 생각했다.
가을이 가는구나.

서두르는 내 몇 걸음 앞에는
모퉁이 화단에 해바라기가 피어있었다.

놀라움에 다가가 만져보니 조화였다.
조화라는 것은 상관없었다.
놀라움이, 그리고 반가움이 점철되어 기어이 또 울고 말았다.

내가 슬퍼할 때 해바라기 빛 위로를 해주던 사람이
공허하게 시린 내 가슴에 이렇게 찾아와 위로해 주는 것 같아
또 한 번 마음에 물결이 일었나 보다.
'나 잊지마.' 라며 아주 시들지 않을 조화를 심었나 보다.

그 꽃이 왜 그곳에 있었는지는 모르나
다가온 메시지는 그렇게 전해져 내내 가슴에 진동했다.

오늘 아침

'정리가 되는 모양이다.' 라며 나를 느꼈을 때

마치 그것에 저항이라도 하듯

오늘 밤

해바라기가

　　　고갤

　　　　　　들어

　　　나를

　　　　　　보고 있었다.

불행을 잊어가기

무감각한 겨울을 보내고 있다.

유독 구름이 많던 오후 내내 그 생각을 했다.
앞으로도 나는 나를 위한 수많은 이별을 맞이하겠지.
그렇게 내다보니 하늘이 끝도 없이 깊고 넓게 보였다.

불행을 두고 스스로 불행하다 생각하지 않으면,
더는 불행이 아닌 거다.

한 남자가 나라는 여자에게 해준 게 있었다.
나는 시간이 꽤 지나서야 그 마음들을 담을 수 있었다.
그리고 그 남자가 내게 해준 고마운 마음들을 빼곡히 써서
모니터 테두리에 붙였더니
10개도 넘는 작은 메모지 때문에 해바라기처럼 됐다.

메모지에 쓴 그 남자의 따뜻한 마음을

닫힌 내 마음 한켠에 담아

내가 가진 마음의 얼굴이 너무 차갑지 않도록 할 것이다.

다
시

겨
울
이
다
.

이 겨울의 끝에서

나는 제법 많이 치유된 나를 만날 수 있기를 바란다.

人

엄마가 예전에 사람 인(人)이라는 한자를 설명해 주실 때
사람은 혼자 계속 서 있을 수 없기 때문에
다른 한 사람이 받쳐주는 거라고 했는데
그 참뜻을 이제 알겠습니다.

人   을

이
해
하
다
.

헤매다

여름날 해바라기는
앙상한 줄기만 남겨놓고 부스러진 지 오래지만
겨울 잔향엔 온기가 남아 한랭한 바람마저 무색하더군요.

이 겨울 끝에는 또 어떤 잔향이 남아
나는 더 성숙해질 수 있을까요?
밤은 지나가는데 나는 잠들지 못해요.

그저, 잔향 끝에 피어난 새싹을 보듬는 마음으로
어느 노랫말에 취해 그런 생각을 하고 있죠.

'진정 내가 찾아야 할 꽃밭은 어디에 있는 걸까.

내 자리는 어딜까.'

체념

⟨나목⟩의 옥희도는 그런 말을 한다.
사랑하는 사이보다 어울리는 사이가
더 축복 받을 만한 가치가 있다고.

가슴 한켠에 울리던 쓸쓸함은
그것이 옳더라는 동조에 묻혀버렸다.

횡단보도 해바라기, 그리고 다짐

사람은 서로에게 해바라기가 되곤 하죠.

나는 성당 앞 횡단보도에 여름이면 피어날 해바라기들이

이번엔 어떤 모습일지 궁금해요.

재작년엔 따로 듬성듬성 피어있던 해바라기들이

작년엔 한데 모여 피어있었어요.

그 중 짝처럼 보이는 것들도 있었죠.

작은 한 송이는 이쪽을 보고 서 있었고

다른 큰 한 송이는 작은 한 송이를 향해 바로 뒤에 서 있었어요.

올해는 어떤 모습일지.
나란히 서 있거나 마주봤으면 좋겠어요.

머지않은 날 다시 보게 된다면 많은 게 달라져 있겠죠.
그때도 큰 해바라기가 여전하다면
작은 해바라기는 더는 등지고 서 있지 않을 거예요.

피어나는 날,
다신 등만 보여주고 있진 않을 거예요.

그 순간

처음 입 밖으로 내뱉었다.
그에게 직접 전한 고백이었다면 더 좋았을 텐데.

실은 그때 내 마음도 뛰었다고.
그런 내가 낯설어 이해할 수 없을 만큼.

더운 열기에 섞여
눈부시게 쏟아지는 봄 햇살을 보고
마냥 어지럽던 것은 그래서였다고.

내 마음이 뒤에서
찬란히 빛나고 있었다고.

나도 좋아했 다 고   .

이별 ing

아픔도 반복되면

그래도 한 번 신은 운동화라고
두 번째 신었을 땐 어색함이 조금 줄더니
이내 편안해졌다.
뒤꿈치에 상처도 없었다.

사랑도, 다시 시작하면 덜 아프지 않을까.
　　시행착오와 상처는 괜히 생기는 게 아니니까.

풀다 만 수학문제처럼
여전히 인생의 몇 가지 부분은 해답을 찾지 못했고
감으로 답을 찍듯
아련한 직감으로 마음을 파헤쳐보기도 한다.

살면 살수록
　　알면 알수록
　　　인생을 더 모르겠다.

여전히 의문투성이다.
내게 주어진 삶의 무게가 가볍거나 무겁거나 한 것은
정작 큰 문제가 아닐지도 모른다.

내 미움의 대상은

달이 차고 계절이 바뀌는 동안
분노가 바닥날 만큼 미워했습니다.
그래도 어느 날엔 꼭 한마디씩 읊조리곤 했죠.

'나는 아직 너를….'

진심을 끝끝내 외면하지도 못할 거라면
정말 내 미움을 받는 건 바로 내가 되겠죠.
그러나 그 미움이 자꾸만 쌓이면
가뜩이나 간절한 당신을 도리어 밀어내는 것 같아
마음을 고쳐봅니다.

그리움을 나쁘게 생각하지 말기.
그리움을 부정하지 말기.
바쁜 내 마음을 꾸짖지 말기.

끝없이
싸워나가는 나를
말없이 말없이
칭찬해주기.

속일 수 없는 일

텅 빈 도로 위를 달리는 차 안에서
단지 해가 너무 눈이 부셔서라고 둘러대며
굴러 내리는 방울방울들을 미련 없이 찍어 눌렀습니다.

해가 따가워서는 아니었지만 내 가슴은 격렬하게 따가웠고
선인장 하나를 꿀꺽 집어삼킨 것처럼 하염없이 쓰려왔습니다.
그래도 나는 나를 지지하고 있었습니다.

무엇이 그렇게 절대적이었는지.
　　무엇이 그토록 관대하게 만들었는지.
무엇이 이렇게 엉켜놓았는지.

오늘 그 자리를 스쳐 지나갔습니다.
해바라기들은 더 많이 피어있었어요.
더위가 너무 강했는지 몹시 메말라 있더군요.
'너희들도 지쳤구나.
조금만 더 힘을 내, 이제 평화로운 가을이야.'

이별 ing

내일은 그 앞에 가 한 송이씩 살펴야겠어요.

해바라기들도 내가 다시 찾아주길 기다리고 있을지도 모르죠.

울고 싶지 않지만, 엄습하는 불안대로라면

나는 오늘의 탄식을 내일도 반복할 수밖에 없을 겁니다.

너무,

눈이

부시다고.

사랑과 분노의 상관관계_1

달은 오늘도 밝았고 마음은 여전히 먹먹했다.

먹먹한 달도,
먹먹한 나도
아무 할 말이 없 었   다.

그렇게 집까지 오는 내 발걸음은
도망자의 그것처럼 빨라져 있었다.

이별 ing

사랑과 분노의 상관관계_2

횡단보도에서부터 내 걸음은 처절하게 빨라졌다.

작년 가을이 들어설 때까지만 해도

분명 해바라기들은 건재했다.

작은 해바라기 뒤에 선 늠름한 큰 해바라기.

다음 해엔 둘이 함께 마주보길 바랬고

우리 두 사람도 함께 마주보고 있을 거란

적잖은 희망을 가졌다.

그러나 그 다음 해인 바로 오늘

우리는 한 공간 한 시간 안에 있질 못했고

해바라기들은 이미 오래 전 여름을 보내버린 듯한 모습,

그렇지만 끝내 떨어지지 못한 애처로움으로 내 앞에

그 형체를 드러냈다.

울컥하는 마음으로 푸른 신호등을 따라 내달린 내 뒤에서

그때 그 해바라기들은

둘이 꼭 붙은 채

죽어있었다.

죽은 해바라기의 여운

이제 긴 팔 옷을 입을 때가 오겠구나 싶어
내심 기다리고 있었으면서도
막상 때가 되고 보니 맥이 탁 풀립니다.

선풍기가 아쉽지 않을 만큼 바람이 차갑게 몰아치는 한밤에,
그간 꾹꾹 눌렀던 방울방울을 탁 터뜨렸더니
아직도 그칠 줄을 모릅니다.

큰 해바라기가 더 처참히 죽어있었습니다.
더 크게 구부러져서.
        더 흑색이 되어서.
그 큰 덩치가 무색해질 만큼.

내가 더 힘들 거라고 생각해 미안합니다.
내가 더 최악일거라 단정 지은 것도,
지독하게 원망하고 있던 것도,
내가 더 불행하다 확신했던 것도 무척 경솔했어요.
그렇다고 덜 미워할 거 아니고,
덜 원망할 거 아니고, 덜 노여워할 거 아니지만
내가 더 힘들고, 더 아프고, 더 괴로웠다는 생각은
버려야 하는 거구나 싶습니다.

이별 ing

'단 한 번이라도 그를 뒤돌아본 적 있었나.
곁에 있을 때 단 한 번이라도 그 마음의 진정을
눈치 챈 적 있었나.'

그저, 내 마음의 방향만은 당신에게 향하고 있다는 사실 하나론
곁에 있는 게 그토록 어려웠습니까?

이제 제법 느린 일출을 코앞에 두고
흐릿한 하늘만큼이나 모든 말이 다 흐릿해졌지만
딱 한마디, 가슴 속에 선명한 웅얼거림이 남았습니다.

'더 힘을 낼게요.'

힘들게 너 혼자 그러지마

친구가, 마음이 몹시 힘들대요.
졸린 눈을 도로 감지도 못한 채
흔들리는 지하철 창가에 비친 내 모습만 멍하니 쳐다보다
문자판을 꾹꾹 눌러대기 시작했어요.

「힘들게 너 혼자 그러지마.」

쓰면서도 어디에서 들어본 말이다 싶었는데, 역시나.

맞아요.
그랬어요.
뭐든 같이 하자 했었죠, 혼자 힘들게 그러지 말라고.
누군가에게 의지하는 것이 왜 필요한지,
그 고마움이 어떤 것인지 가르쳐주어
정말 고마워요.

이별 ing

내게 지금껏 느껴보지 못했던

든든함을 안겨준 것도

여름날 큰 해바라기 같은 사람이

되어주었던 것도

모두 고마워요.

끝까지 가봐야 알 수 있는

감정적으로 끝까지 가봐야 알 수 있는 경우가 있습니다.
나도 거의 끝까지 가보고 난 후에야
당신이 내게 얼마나 소중하고 특별한지 깨닫게 됐으니까요.

꼭 끝까지 가보지 않아도 알 수 있는 것 아니냐며
나 자신은 그럴 일이 없을 거라 생각했는데.
해바라기가 죽어있던 밤,
가슴이 나락으로 하염없이 곤두박질치던 밤,
드디어 긴 팔 옷이 필요한 가을이 오려나 보다 했던 그 밤에
나는 느꼈던 것 같아요.
아무 것도 따질 필요 없이
당신에 대한 내 감정은 진정한 것이었구나, 하는.
의심과 부정을 그만두니 부인할 수 없는 사실이 되었습니다.

그런데 나는 왜 그렇게도 많은 오해를 했었던 걸까요.
나를 둘러싼 사람들 중에서도 유일하게,

<u>당신을 믿었으면서 도.</u>

달처럼 빛나던 눈동자

이별 ing

나도, 너 같은 사람을 알고 있었어.
그 사람도 늘 그런 눈빛으로 날 바라봤어.

언젠가 밤늦게 귀가하던 나에게 전활 걸어온 그가
너무 늦어서 무섭지 않느냐고 했었어.

그래서 난,

그래도 오늘은 네가 밝아서 별로 안 무섭다고 했었어.

너는

오늘도

밝고,

크고,

창창하다.

그런데 왜 나는 이렇게 무서울까?
네가 밝을수록 내 마음을 훤히 비추는 것 같아서,
그 어느 눈동자를 자꾸 떠오르게 해서,
괴로워.

보고 싶었다고, 보고 싶다고

세상엔 시작이 없었는데도 끝이 나버리는 게 있더라고요.
내가 그대보다 늦게 시작한 사랑이라서,
뒤늦게 하나하나 이해해야 할 너무 많은 마음들이
밀린 숙제처럼 끝도 없네요.

똑같이 시작할 수 없고,
똑같이 채울 수 없는 것이 사람의 마음이죠.
돌이킬 수도 없고요.
돌이킨다고 달라지는 것도 없잖아요.

내 사랑이 그대의 사랑과 똑같이 시작했더라면 어땠을까요?
우리 마음이 항상 똑같이 채워져 나갈 수 있었다면 어땠을까요?

그대가 기다림을 접었는지 아닌지는 모릅니다.
단지 내가 지금 알 수 있는 건,
많이 외롭고 힘들었을 거라는 정도.

언젠가
단 한 번이라도,
나는 얘기할 수 있을까요?
북적거리는 거리에서, 푸른 운동장에서, 도로 위에서,
캠퍼스를 나서며, 도서관을 거닐다,
펼쳐진 한강을 지나치는 동안에도

이별 ing

내 마음의 온도야 매번 달랐겠지만…
보고 싶었다고.

나는 그대가,
보고 싶다고.

다 너 때문이야

오늘 내가 얼마나 중얼중얼 당신을 저주했는지 모를 겁니다.

최근에 만난 어느 자상한 사람이 그러더군요.
내가 너무 고민하는 것 같다고요.
그렇겠죠, 내가 그에게 쉽게 다가가지 못하고 있는 이유는
바로 당신 때문이니까요.

오늘처럼 의도치 않게 당신 소식을 전해 들으면
갑자기 세상이 너무 캄캄해집니다.

오늘, 코앞에서 버스를 놓친 건 당신 때문입니다.
좋아하던 도넛을 먹어놓고 소화불량인 것도 당신 때문이에요.
지금 라디오가 귀에 안 들어오는 것도 당신 때문이고,
집에 들어가면 전화하라던 그에게 전화 못하고 있는 것도
당신 때문이죠.

이별 ing

'다,
      너   때문이야.'

기껏 메말라 버린 눈물이 다시 서럽게 치미는 것도
그대 때문입니다.
그래요. 내가 그랬었습니다.
사람들은 어떻게 사랑한다는 말을
그렇게 쉽게 할 수 있는 거냐고요.
당신은 그 말에 머뭇거리며 생각에 잠겼었죠.

지금 라디오에선 내가 좋아하던 노래가 흘러나옵니다.

바르게 살겠다고 했는데.
마음먹었는데.

내가 생각하던 그 결심이란
이게 아닌데.

Soko
Noko

이제는 받아들여야 할 때

"이 세상엔 참 다양한 연인들이 사는 것 같아요.

싸운다고 해서 그들이 사랑하지 않는 거 아니듯이,

싸우지 않는다고 해서 그들이 꼭 사랑하는 건 아니겠죠.

멀리 떨어져 있다고 해서

그들의 사랑이 증발해버린 것도 아니고,

늘 함께 있다고 해서 그들이 항상 사랑하고 있는 것도

아니에요."

사랑이란

슬픈 눈은 안드로메다로 솟아 종적을 감춘 것 같은데
지금쯤 들어차야 할 행복한 눈빛이라곤 찾아볼 수가 없습니다.

어느 날 수업 중에 교수님께서 말씀하셨어요.
연인이란, 친(親)을 생각하면 되는 것이라고.
단풍나무 꼭대기로 올라가 십 리 밖, 만 리 밖
그이가 오는지 안 오는지 바라보며
기다리고 또 기다리는 그 모습이 사랑하는 마음,
연인의 모습이라고.

그 말을 듣는 내내 적잖게 마음이 뜨끔했습니다.
애써 버티던 철봉에서 툭 떨어진 나는
전혀 관심도 없던 시소나 타며
즐거운 척을 하고 있었으니까요.

가을이 깊어 단풍이 물들고 은행잎이 거리를 수놓은 가운데
빗물에 촉촉해진 길 위를 바라보던 눈은
나와 당신의 환영이 나란히 걷는 뒷모습을
물끄러미 쫓았습니다.

이별 ing

미움은 사랑하기 때문에

내게 당신이 권해주던 책 속 두 주인공, 그리뇨프와 마리야는
온갖 역경을 이겨내고 해피엔딩을 맞이했었죠.
두 주인공이 사랑을 이뤘다는 내용을 기억하니
갑자기 화가 치밀어요.
그 책을 쓴 작가는 후세에 명언을 남겼죠.
"삶이 그대를 속일지라도 슬퍼하거나 노여워하지 말라.
슬픈 날엔 참고 견디면 즐거운 날이 오고야 말리니."

결국, 겨울이 왔습니다.

막차가 떠난 게 언젠데 택시를 잡거나 걸을 생각은 하지도 않고
버스정류장에 멀뚱히 서서 나는 뭘 하고 있는 걸까요?
이만큼 시간이 지났으니 곧 첫차가 오겠구나 싶은 건지.

노여워하고 있습니다.

당신은 알고 있습니까?
잠시 원망하다 또 그리워하는 일상을.
잠시 이해하다 또 허덕이는 일상을.
이제 겨울이 오는 건 아는지.

이별 ing

이렇게 가을이 가고 낙엽대신 곧 눈이 내릴 텐데.

나는 당신이 보고 싶은데.

그, 지겹고 뻔한 사실들이 내 시간과 함께 걷고 있다는 걸

당신은 알기나 하는지.

내 표정엔 생기가 없습니다.

그대 내게 다시

밤이 마침내 깊어졌을 때
내 감정이란 즉흥적인 것도, 미련인 것도,
막연하거나 추상적인 것도 아님을 깨달았습니다.

라디오를 끄기 전 마지막 결심 한 가지를 더 했죠.
'다시 만나면, 그땐 또 외롭게 하지 말아야지.
상처주지 말아야지.
아프게 하지 말아야지.'

이 세상의 모든 사랑이 웬만해선
　　　　　　다 이뤄지길 바라며.

그렇게, 푸르른 밤하늘을 향해 날 준비를 하는 동안
안착한 목소리는
늘 그대를 향해 웅얼거리던 그것이었습니다.
'그대 내게 다시'

하소연

"왜 항상 내 사랑만 힘이 들까요?"

"사랑이라는 게 원래 힘든 거야."

정답을 알고도

이별 ing

한쪽 귀에 꽂힌 이어폰에서 흐르는 노래가
당신의 번호를 꾹꾹 누르자
이윽고 다른 귀에도 흘러들었습니다.
그제야 당신 마음을 뚜렷하게 알아보았다 하면
너무하다 할지도 모릅니다.
아니요.
뚜렷하게 알아봐놓고도 당신 가슴을
회복불가능의 상태로 짓밟아버렸죠.
잔인하다 할 거예요.

내 마음이 원하는 걸 알고도,
수화기 너머 나를 찾는 당신에게
무슨 말을 해야 하는지 알아놓고도
나는 또 실수를 한 겁니다.

알고도 저지른 잘못이란 것만으로 나는
이미 최악이었습니다.

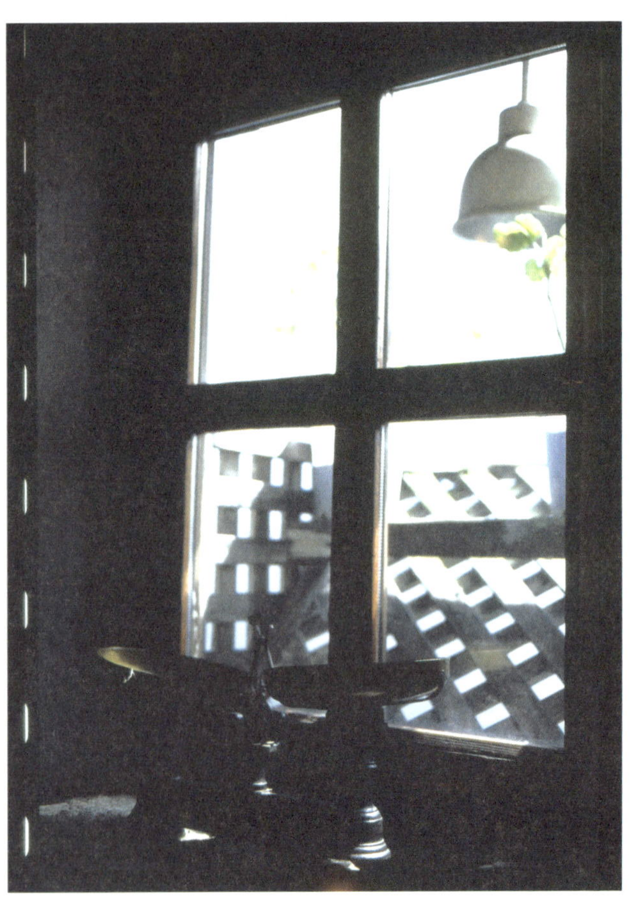

아직도니?

내 남자가 아직도 사랑하던 여자를 못 잊고 있더라는
축축한 사연에
혹시나 하는 마음이 듭니다.
우리 사랑도 끝이 난 게 아닐지 모른다고요.
희망과 같은 새싹이라도 본 듯 웃는 내가 한심하네요.
자그마한 미안함을 덧칠하는 꼴도요.

마음이 마음처럼 되더냐고,
오죽했으면 그러겠느냐고,
본인은 얼마나 더 괴롭겠느냐고,
그럼 그냥 지켜보거나 놔주거나 해달라고
내 이야기도 아닌 사연에 매달리고 있어요.

아직도냐고, 곁에서 묻는 심정도 지독하겠지만
나는 지독을 넘어 지옥 같답니다.
나는 하루에도 수천 번 내게 묻고 또 물으니까요.

'아직도니?'

잘난 척

만유인력의 법칙이라고 했습니다.
결국 감정도 해저 몇 천 킬로미터 아래로 푹 가라앉아
찾으려야 찾아볼 수 없도록 숨어버리는 겁니다.

만유인력의 법칙으로 내 마음 속 저 깊이 당신이
가라앉을 겁니다.
머리는 이성을 따라 나를 편안하게 놓아줄 테죠.
그리하여 그대는 내 머리 속에 물안개로 포장되어
희미해져 갈 겁니다.

슬픔이 기쁨이 되기도 합니다.
기쁨이 곧 슬픔이기도 합니다.

아직은 사랑, 이었으므로

가끔은 크고 작은 일련의 선택과 결과들이
운명이라 믿어지는 때가 있습니다.
오늘 내가 그 책을 다시 집어 든 것도
운명이라고밖엔 얘기할 수 없어요.

우리 마음의 아지트와 같은 곳에서
아마도 당신이 알 법한, 내 손때 묻은 책을 다시 찾았습니다.
작가의 유명세와는 달리 잘 알려지지 않은 책이라
찾는 이도 많지 않은 책이었죠.

오늘, 그 책의 스물세 번째 페이지에 꽂혀있던 낙엽은
이제 내 것입니다.
그 낙엽을 당신의 흔적이라 믿기에.

이별 ing

당신이 여기 다녀갔었다는 것만으로
나는 얼마든지 힘을 내어 살아갈 것이라 믿었던 겁니다.
'내 마음은 여전하다.'라고 말하는 당신을 본 것 같아
밤새도록 뒤척이며
만남과 헤어짐의 반복조차 이제는
운명이라고밖에 설명할 수 없다고 결론지었습니다.
당신 아닌 다른 누구의 흔적일 수 있음에도
부득불 우기며 믿고 싶어 합니다.
당신이 다녀갔다고.

이유 없이 잠들기 전마다 눈물이 났던 건
미련조차 될 수 없었던

아직은
사랑,
이었으므로.

우리 모두 고결한 백조

태양에 증발된 이슬처럼 흔적은 보이지 않지만
시원한 기운이 만져지듯
내 안에도 기분 좋은 여운만 남아
부디 멋진 모습으로 잘 지내주길 바라는 마음이 간절해졌습니다.

'사랑하는 일은 내 모든 걸 다 바치는 일이지.'

아직 귓가에 당신의 음성이 맴돌고 있어요.

그런 백조 같았던 사람이 오리 행세나 하는 걸 보고 싶지 않아요.
당신의 그 신념이 빛을 잃는 걸 보고 싶지 않아요.

내게서 한 발 물러서는 것조차 나는 견딜 수 없는데
다른 사람처럼 살아가는 모습은 더 지켜볼 수 없어요.

언제부턴가
들리는 소식을 당신의 마음으로 알고 기대어 왔던 내게
지금, 허상을 움켜쥐고 사랑한다고 말하는 것 같아
불안합니다.

scene_36

예사롭지 못한 소리

폐에서 공기가 올라와 입을 통해 소리가 나올 때,
공기의 유출 중 장애를 입으면 그 소리는 자음이 되고
별다른 방해를 받지 않고 흘러나오면 모음이 돼요.
신기하죠?

그래요. 별다른 방해 없이 하고 싶은 말이 있었어요.
그런데 딱히 거센소리도, 된소리도 없는 이 말이
왜 이렇게 내뱉기가 힘이 들까요.

소리 탓을

　　　　할 수도
　　　　없게.

　　　결국

　　　　　　내 탓을
할　수밖에

　　　　없게.

Climb a Maple

기다리다
만 리 밖 오고 있을 그대를

당신이 나를 사랑하던 시간 속에서
우리가 함께 있던 풍경을 거닐어봅니다.
그 사랑 그대로, 내게로 오고 있을 그대를 기다리며.
꽤 많은 추억이, 참 많은 당신이
지금 내게로 찾아옵니다.

결국 그리움도 나무가 되어

여자는 가을 한낮 내내 벤치에 우두커니 앉아
애잔한 마음을 달래고 있었다.

바람이 불었고
황금빛 태양이 출렁거렸고
단풍이 농도 짙게 그 빛을 더하고 있었다.

남자가 다가섰을 때 여자가 말했다.
'연인이 사랑하는 건 그런 거래.
단풍나무 꼭대기까지 올라
사랑하는 그이가 오는지 안 오는지
바라보며 그리워하는 거.
그렇게 기다리는 거래.'

남자는 겨울을 내다보고 말했다.
'저 거리에 하얀 연인들이 가득하겠지.'

여자가 결국은 울고 말았을 때
남자는 사라졌다.

단풍잎 사이사이로 햇빛이 새어 들고
그 아래 선 여자는
언덕 아래를 내려다보았다.

이별 ing

한 시간, 두 시간이 금방이고
그렇게 하얀 연인들이 거리에 가득했다.

이제 여자에게 그리움과 슬픔은
당연한 일부분으로 박혀버렸다.

지금
여자는,
하루하루
열심히
살아가고
있다.

단풍나무 한 그루가
여자의 가슴 속에 자라고 있었다.

그대가 보고 싶어 일부러 웅덩이에
발을 담글 그날까지

버스 맨 앞자리에 앉아 차들의 움직임을 가만히 바라봅니다.

"이 길 알겠어?"
당신이 운전하던 차를 타고 서울로 돌아오던 날에도
나는 지금처럼 멀뚱히 낯선 길을 보는 듯했습니다.
"아, 알 것 같아요.
아까 가던 길에 저 개나리랑 진달래를 봤거든요!"
너무 말이 없어 가는 길 내내 동행한 걸 후회했는데
내 반가운 말 한마디로 처음 당신의 웃음이 터집니다.
"개나리와 진달래가 저기에만 있을 리 없잖아."

한때는 내 마음을 네모난 미로라고 생각했습니다.
울컥 치미는 감정들은 밟지 않고 피하면 될 지뢰라 생각했지요.
지금 이 도로 위의 차들처럼
내 감정들도 이리 가고 저리 비켜가며
원만히 달릴 수 있으리라 여겼던 겁니다.

하지만 요령껏 사고 없이 달려도
정작 내 마음이 어디쯤 와있는지를 모르는
새로운 문제가 생겼습니다.

이별 ing

개나리와 진달래가 그 어느 한 곳에만 피어있는 건 아닐 테니
무엇으로 가늠할 수 있을까요?
당신이 한강 위를 달리며
저건 무슨 다리고 또 여긴 어디인지 알려줄 때
가늠하는 법을 눈치껏 배워둘 걸 그랬습니다.

"어머, 저 차 왜 갑자기 끼어들어? 뭐라고 해야 하지 않아요?"
불같은 나를 다독이던 당신의 시원한 음성.
"저런 차들 아주 많아. 우리가 피해가면 돼."

마침내 그리움이 아무 거부감 없이 내 것이 되던 날.
그리움이 네모난 미로 속 작은 웅덩이쯤으로 여겨져
얼추 피해갈 줄도 알게 되던 날.
그래서 웅덩이에 발을 담그다 빼기도 하고
웅덩이에 비친 내 얼굴을 가만히 들여다볼 수도 있게 되던 날.

나는 보았습니다.
좁아지고 깊어진 웅덩이 같은 그리움으로
눈물마저 줄여버리겠다던 다짐을.
그리고 버스 차창 너머 이따금 흔들리던

잊지 못할 쓸쓸한 눈동자.

그대의 하루가 그리운 날에

"오늘 날씨 좋다, 오빠 벌써 도서관 거의 다 왔어."
선배 심부름으로 단둘이 동대문시장에 다녀오기로 한 날,
영 느낌이 이상한 이 남자와 동행할 걸 생각하니
그 가까운 곳이 이토록 아득할 수가 없습니다.

늦봄이 쏘아 올린 햇빛이 캠퍼스 곳곳에 부서져
차마 도서관 그늘을 벗어날 생각을 못하는데
아직 겨울에 멈춘 내 앞으로
햇빛을 등지고 걸어 들어오던 당신의 표정은

'봄이야!' 하고 외칩니다.

그때부터 당신을 떠올릴 때면
늘 곁엔 마지막 봄날을 알리는 햇빛이
고스란히 묻어났지요.
'쨍'하던 그 순간 그 느낌과 함께.

이별 ing

상투적인 인사에 전에 없이 얼버무리던 나는
뒤이은 우스갯소리에도 실소 한 번 터뜨리지 못할 긴장을 하고,
심부름은 혼자 다녀올 테니 다 맡기고 공부하라던 당신에게
고맙다는 말도 남기지 못한 채
몇 계단을 숨이 가쁘게 뛰어올랐습니다.
동행을 그토록 아득해했으면서
난간에 기대어 선 내 코끝은 어찌나 빨개지던지.

당신이 만들어준 시간 내내
빈 노트 위로 그 이름 세 글자만 빼곡히 적던 나는
어느덧 그 날들을 등지고
언제고 이 길을 밟았을 당신에게 잘 지내냐는 안부를 던집니다.
지금 그 한마디 말이 어디쯤에 걸려있을지 찾아보세요.
그 가벼운 한마디 안부가 얼마나 무거운 시간을 담아왔는지
나보다 더했을 당신이 모르진 않을 겁니다.

버스를 기다리는
사람들 사이로 나른한 햇빛이
희미하게 발꿈치를 비추는데
어쩐지 반갑지 않더군요.
내심 그 어떤 것도 아무런 의미가
없게 느껴졌으니까요.
그러면서도 다시 의미가 되찾아지길
나는 바라고 있었던 것 같습니다.

rden

더 용기를 냈더라면

유난히 몸이 축 늘어지던 날,
운동장을 몇 바퀴 채 돌지도 못하고
그대로 주저앉던 내게 당신이 그랬죠.
"힘이 들 때일수록 더 힘을 내야 업그레이드되는 거야."

상처받고 외로울 때면 당신의 그 한마디를
<u>외우고 또 외우며</u> 버텼습니다.
내 곁, 당신의 빈자리가 아주 쓸쓸하지 않은 건
잘 살아나가야 하는 이유와 용기를 받았기 때문입니다.
그렇게 나는 내 자리에서
세상에 맞서는 힘을 조금씩 모을 수 있었습니다.
언젠가 그런 나를 보고 칭찬해줄 당신을 그리며.

하지만 정작 그 힘으로 당신을 찾아내진 못했습니다.
당신이 가르쳐준 그 용기가
어째서 당신에게만 미치지 못하는 걸까요?

깊고 검은 밤하늘 아래 작게 빛나는 저 별들은
모두 자기 자릴 찾은 것이겠지요?
그대는, 비로소 있을 곳을 찾았습니까?

들려줄 수 있을 텐데, 내가 그대를 얼마나 그리워했는지.
이제라도 그리움을 말하게 된 그대라면.

당신의 진심

"저는 혼자서
　　　　씩씩하게 잘 살아갈 거예요."

무모한 자신감에 있어서는 타의 추종을 불허하던 내가
지금까지 중에 당신에게 가장 자신 있게 내뱉은 말.
그런 당신은 딱 한마디를 했지요.

"너, 사람이 혼자서
　　　　살아갈 수 있을 것 같아?"

그런데, 그거 알아요?
그 한마디가 빛을 발한 건
당신이 갓 세 살짜리 아기를 안아 올리던 모습에서였어요.
당신의 등 뒤에 선 내 가슴에
순간 어떤 묵직함이 울렁였던 것 같아요.

그 후로 꽤 오랫동안
그 넓은 등을 닮은 사람을 보게 되면
당신의 한마디가 내게 알려주던 것이 무엇인지
한참을 생각하곤 했어요.
내게 사랑을 말하던 표현의 일부로만이 아닌,
그 안에 정말 남기고 팠던 당신의 메시지.
시간이 조금만 더 지나면 알게 되는 당신의 진심.

이별 ing

행복해라

.

정말 사랑도 습관입니까?

난생 처음 짝사랑을 하던 사람이 있었어요.
언젠가 그와 식사를 하게 되었는데
그 사람은 후식으로 녹차를 주문하며
커피를 마시려는 내게 혀를 찼어요.
몸에 좋은 것도 아닌데 왜 마시는지 모르겠다면서요.

언젠가 당신과 식사를 하고 처음 차를 마셨는데
나보다 먼저 커피를 주문하는 당신을 보며
보통 이상의 반가움이 들었어요.

시간이 더 많이 지나서는
우리 둘 다 똑같이 커피를 원했다는 사실이
당신을 기억하는 데에 꽤 큰 힘이 되기도 했었죠.
그리고 그 후로 나는 하루에도 몇 잔씩 커피를 마셨어요.
많이 마시는 만큼 당신을 내게로 이끌어주는 자석의 힘도
세진다고 느꼈거든요.
그렇게 커피를 습관처럼 마시게 됐어요.

습관처럼 당신을 그리워하고
습관처럼 당신을 쫓아 커피를 마시고.

오랫동안 자전거를 타지 않은 사람도,
수영장을 찾지 않은 사람도
언제고 다시 자전거를 타고 수영을 할 수 있는 건
이미 몸에 밴 습관 때문이래요.
그럼, 사람의 마음에 자리한 사랑도 습관일까요?

그러면 안 되는 거겠죠?

사랑은
사랑일 뿐이니까.

사랑은 습관이 아니니까.

당신이 몰고 온 햇살

푹 단잠을 잤던 어제는
맑게 갠 얼굴을 한 그대가 뜬금없이 나타나
"다시는 헤어지지 말자."라며
　　　　　　햇살 같은 웃음을 지었습니다.
그런 나는 아무 대답도 하지 못하고 잠에서 깨어버렸어요.

오늘은 햇살이 좋았던 날입니다.
나는 이 아름다운 햇살이 끝나는 날까지
어제의 그런 꿈일랑 아무 이유 없이 꿀 수 있다고 여기며
가슴에서 다 털어낸 잿더미의 아직 남은
더운 기운을 보듬어 묻습니다.
이제 곧 또 봄이 돌아올 텐데
당신은 그 마지막 봄을 어떻게 살았냐고.
이제 라일락이 햇살에 부서질 텐데
당신은 여전히 잘 지내고 있냐고.

고장 난 공중전화,
그 앞에서 낯선 기침만 콜록대던
그 해 겨울을

기어이 감기몸살에 걸리고 말았습니다.
엉엉 울면서 쌩쌩 불어오는 바람을 뚫고 한참을 걷던 결과죠.

당신이 저 먼 나라로 떠난다고 합니다.
늘 겨울 같은 나라로.
그리뇨프와 마리야가 사는 나라로.

언젠가 당신이 때 아닌 감기몸살로
학교에 나오지 못한 날이 있었어요.

혹시 나 때문이었나요?

지금, 나처럼?

약을 사 들고 아파트로 향하는 오르막길을 걷는데,
공중전화가 눈에 들어왔어요.
겨우 기억해낸 당신의 전화번호를 눌렀지만
몇 번을 다시 걸어보아도 연결음은 들리지 않았습니다.
전화기가 고장이 난 것이었죠.

이별 ing

당신이 나로 인해 아팠던 걸
왜 나는 이제야 하나씩 실감하는 걸까요?

그때는 사랑인 줄 몰랐는데
시간이 흘러 그것이 사랑인 줄 비로소 알았답니다.
그리하여 '내가 사랑하노라!' 헛기침을 해도
그 사랑은 아무 응답이 없습니다.
마치 고장 난 전화기 앞에서
허무한 수화기를 내려놓지도 못하고
낯선 기침만 부단히 콜록대던 모습처럼.

\# scene_45

앓던 밤을 지나 겨우 눈을 뜨니
멀리 동이 트고 있었네

참 추운

밤

입니다.

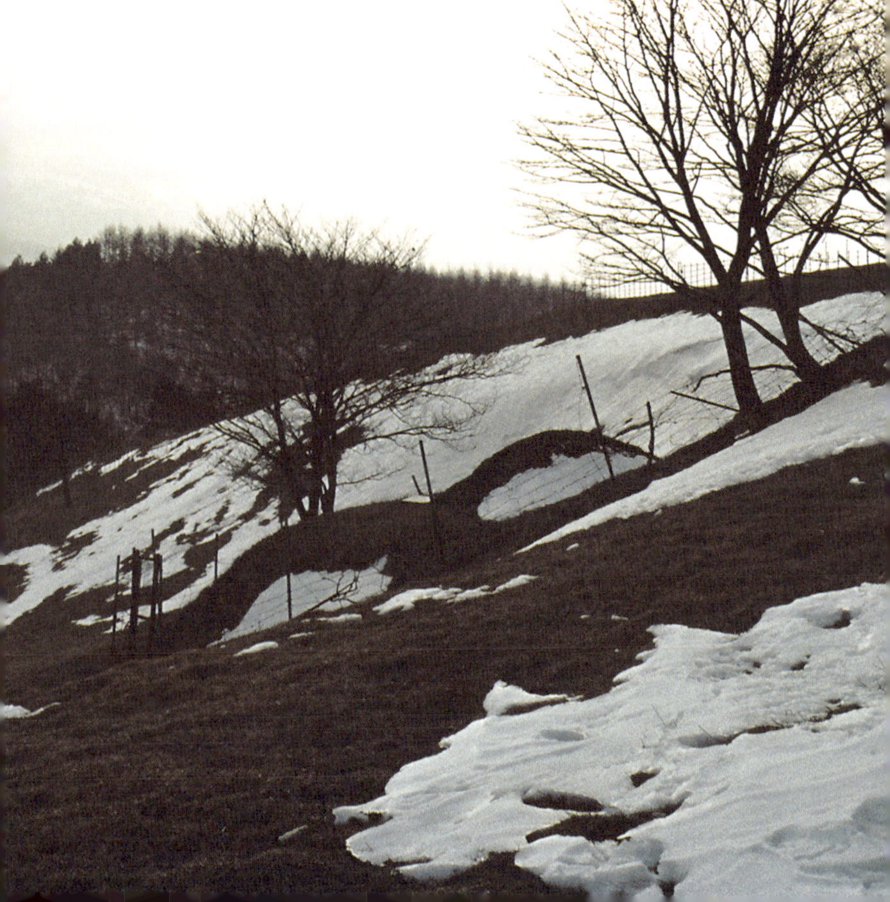

오래 전, 아르바이트를 하고 월급을 받았다며
맛있는 저녁을 사주겠다는 당신의 전화를 받았던 게 이 무렵인데.

지금 내가 느끼는 온도는 천지차이입니다.
자꾸 전화가 온다며 귀찮아하던 나는
당신의 연락 한 번을 간절히 기다리고 있습니다.

한때 그 어떤 오만이 나를 집어삼켜 고마움을 모르고,
도리어 당신을 가리켜 오만하다 여기며
묘한 경쟁심리를 느끼고 질투했죠.

나는 당신의 지난 힘겨움까지 한데 모아
우리 아픔을 한 차례 소거하고 있습니다.

아픈 건, 나아지기 위해서니까요.

그렇게 이틀 동안
땀에 젖은 눈으로 동이 트는 것을 바라보았습니다.

몸이 만신창이가 되고 난 후
마음이 새 장을 열기 시작했네

열흘째 지독한 목감기에 시달리고 있습니다.
그새 내 마음은 좀 무던해지고, 무뎌졌습니다.

그 어느 오래 전엔,
내가 다시는 말을 할 수 없게 된다면
차라리 마음 편안하리라 생각했습니다.
말을 하기 싫은 날들이 있었으니까요.
그리고 지금은 정말 아무 말도 할 수가 없네요.

무딘 마음을 대신하여 뒤끝처럼 몸이 아팠지만
그래도 이렇게 아프고 나니
힘겨움을 딛고 일어설 용기가 조금 생깁니다.
힘이 들 땐 바닥까지 치고 오르는 게 제일이라던 나름의 논리가
마음의 전환을 일으키네요.

엎친 데에 덮친 격으로
그제는 발목까지 다쳐 퉁퉁 부어선,
어쩐지 도통 가라앉지 못하고 있지만
그래도 뭐, 괜찮습니다.
불치병이 아닌 이상 감기도 부은 발목도 머잖아 나을 테니까요.
다, 그런 거니까요.

이별 ing

그
래
요.

나는 당신과의 인연을 통해
내 인생 전체를 관조할 수 있게 되었습니다.
그리고 아픔이 조금씩 진정되는 틈에
앞으로 펼쳐질 여러 갈래의 길을 보게 되었습니다.
'그래도 살아야겠다.'라는 영감을 얻은 순간
나 자신이 되살아나고 있음을 함께 느끼며.

걱정시킬 수가 없어 더
아프지 않은 척 해야 하는 걸 배웠다면,
단지 마지막 기승이었노라고

"괜찮으세요?"
거친 운동을 하는 동아리에서 만난 우리들은
괜찮으냔 인사가 일상적인 말이 되어버렸죠.

시합 도중 부상을 입고 병원에 실려 간 당신에게 물은 안부에서
"별 거 아니었어, 아무렇지도 않아." 하는 대답이 돌아왔습니다.
거짓말.

하지만 지금은 그 마음을 조금 알 것 같습니다.

중요한 건, 나아지고 있다는 거니까.
사랑하는 사람에게 얼굴 찌푸릴 일은 만들어주기 싫으니까.
거기에 더해 내게는 늘 만능이고픈 바램이 있었으니까.

누구처럼, 아파도 아프지 않은 척 하는 건 따라 하기 싫지만
걱정시키는 건 안 된다는 걸 배웠으므로
이렇게 얘기해주고 싶어요.

"걱정하지 말아요."

아픈 건 금방 나을 테니까.
갑자기 추워진, 동장군이 마지막 기승을 부린다는 오늘
나도 마지막으로 아팠던 거니까.

걱

정

하
지

말
아

요

.

아픈 건 금방 나을 테니까.
갑자기 추워진, 동장군이 마지막 기승을 부린다는 오늘

꽉 차오른 건 텅 빈 것과
종이 한 장 차이

지금 TV에는 어느 배우가 출연해
놓쳐버린 옛사랑을 이야기하고 있습니다.
자긴 다 보여줬다고 생각했는데 상대방이 그걸 부담스러워했대요.
다 마신 커피잔을 들고 부엌으로 들어가다
문득 그 배우를 돌아보며 중얼거립니다.

그 상대는,
　　　　버거웠던 거예요.
너무 솔직한 당신이.

무슨 결벽증이 있던 건 아닌데,
자신과는 달리 점점 솔직해지는 당신이 부대꼈던 거예요.

누군가를 사랑한다면 그 사람의 아픔까지 사랑하라는 말이 있죠.
어쩌면 나도 가능할지도 모르겠다 싶어요.
함께 보듬으면 나아질 일들이,
용기만 있다면 물러서지 않아도 될 일들이 많은 것 같네요.
비관했던 것보다 의외로 잘 풀릴 것 같은 일들도 있고요.
어느 순간은 울음 섞인 신음을 내며 눈물이 핑 돌겠지만
그건 그저 나무를 내려오느라
중간 중간 흘린 땀일 뿐이라고 생각할 참입니다.

하루 종일 맑고 포근했던 날,
그대에게 그리고 나에게 전합니다.

다 잃어버린 것 같아 텅 비었노라고.

지금 보면 너무나 가벼워 텅 빈 것 같다고.
너무 많이 얻어 가면 그 꽉 찬 속이 버거워
한걸음도 못 뗄 것 같았는데,
꽉 차오른 게 있어 내가 텅 비었노라고.
꽉 차오른 것과 텅 빈 것은 한낱 종이 한 장 차이일 뿐이라고.

세상의 당연한 이치

"오빠는 운동하기 전에 저녁으로
삶은 달걀하고 우유를 먹었지!"

아나요?

나는 지금 이 밤에 삶은 달걀 하나를 톡 까서 먹고 있어요.
커다란 머그잔에 물 한 잔 떠놓고요.
당신의 푸른 날을 상징하던 잘생긴 삶은 달걀 하나.

그런데 이거 왜 자꾸 목이 메는 거죠?

해가 바뀌고 또
가을이 되었는데도

몇 해 만에 우린 처음으로 손을 잡았고,
길을 걷던 당신이 내게 꼭 하고 싶은 말 한마디를 남겼죠.
"꼭 건강해라."
나는 그게 뭐가 꼭 한마디 남기고 싶은 말이냐며,
우스워 그 말을 되뇌었습니다.
"건강해라."

늘 눅눅하던 비가 모처럼 눈이 되어 내리는 계절을,
사람들 입김 사이로 번지는 꼬마전구 불빛을
함께 바라보고 있었습니다.

그러나 다시는 혼자 남겨두지 않겠다는 다짐은
정말 아무것도 아니었나 봅니다.
나는 당신을 또 놓치고 말았으니까요.
가로등 불빛 아래에서 언 손으로 미련스레 기다리는
환영 같은 당신.
아까 내게 남기고 싶다던 그 말이 순간 폐부를 찌릅니다.
'꼭 건강해라.'

이윽고 점차 커지는 세레나데에 눈을 뜬 건 그때였습니다.
반사적으로 집어 든 휴대폰엔 부재중 전화 한 통,
그리고 익숙한 문구.

이별 ing

'번호 정보 없음'

당신이 내게
'꼭 건강해라.'라는 당부를 남기는 사이에 온
부재중 전화.
세상이 빨갛게 얼어붙은 그 거리에 당신을 버려두고 온 뒤라
기분부터 엉망으로 꼬이기 시작했습니다.

꼬마전구가 빛을 발하던 풍경에서처럼
아직 보이지도 않는 입김을 살포시 불어봅니다.
정말 내가 괴로웠던 건 무엇일까요?
내 자신에 대한 불신이나 낙심, 환멸이라는 이유 따위들이야
이유의 이유였을 뿐입니다.

하지만 이 불쾌함에 연연할 틈이 없습니다.
당신이 내게 또 하나의 당부, 숙제를 내주었으니까요.

나는
        건강하게
잘   지내야만
합니다.

새로운 시작이 주어졌어요.

안전지대

잠잠해진 파도처럼

당신을 향한 그리움이나 슬픔이 격정적이지 않음에도

나는 문득 내 앞을 스치는 강렬한 섬광에

언 몸을 녹이는 환상을 갖습니다.

그리움은 줄지 않나 봅니다.

당신에게
나는
그대로입니까?

나는 단지 그리움에 무던해진 모양입니다.
내 감정이 태풍처럼 몰아치던 때를 지나 잠잠해진 줄 알았는데
지금 나는, 태풍의 눈 한가운데로 들어와 있나 봅니다.

착각

오늘, 한 소릴 들었습니다.

"너, 언제까지 네 마음에 매달릴래?"

갸우뚱하는 나는 이런 날들에 적응이 된 걸까요?
제법 살만하다고 느꼈으니까요.

사랑니, 그리고

얼마전에 사랑니가 비뚤게 자라

볼이 퉁퉁 붓도록 고생했었습니다.

사랑니에 상처 난 입안을 보고

사랑 하나로 난 상처는

그 하나에서 끝나는 게 아님을

처음 알았습니다.

그렇게 나는

주변을 돌아보게 되었습니다.

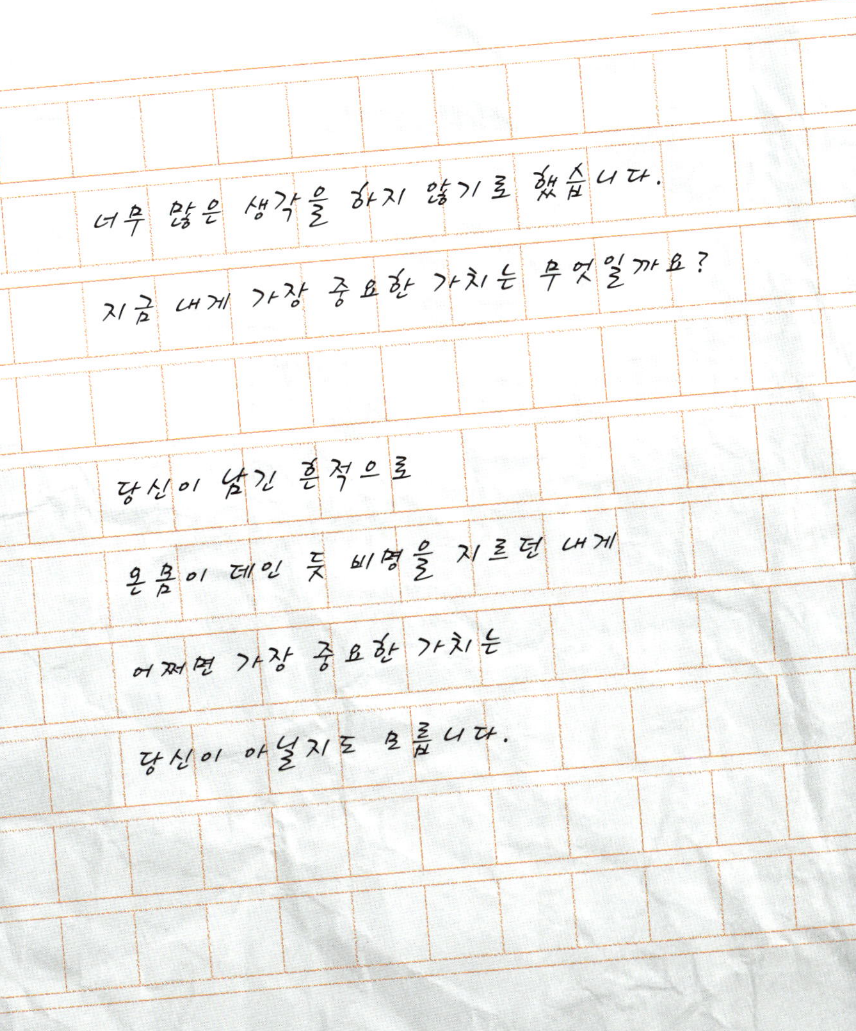
너무 많은 생각을 하지 않기로 했습니다.

지금 내게 가장 중요한 가치는 무엇일까요?

당신이 남긴 흔적으로

온몸이 데인 듯 비명을 지르던 내게

어쩌면 가장 중요한 가치는

당신이 아닐지도 모릅니다.

아직은 낯설지만
낯선 대로 또, 다행이라고

제제에게는 라임오렌지나무가 있었고,
나는 그 책을 라일락나무 아래에서 읽었습니다.
눈물을 닦아주고 세상 무엇보다 튼튼하게 지탱해주던
나무 한 그루.
그래서 나는 세상에서 가장 아름다운 순간을
라일락 향기로 기억하게 됐습니다.

오늘도 라일락나무 아래에서
아직 꽃망울을 틔우지 못하는 가지들을 가만가만 어루만집니다.

'미안하다.
네가 아직도 못다 핀 게 꼭 나 때문인 것 같아서.
그래도,
조금만 더 기다려주면 훨씬 살만해지지 않겠니.
무엇이든지 천천히,
천천히 가는 게 더 좋은 모습이겠지?

고마워, 내 마음 읽고 똑같이 발맞춰 걸어줘서.'

애써 무게를 감당하며 사는 게 인생이 아니라
그 무게로 바람에 덜 흔들리는 게 인생이겠거니
생각합니다.

불휘
기픈
남간

바라매
아니
뮐새,

오래 전 소화된 그 마음이 다시
목에 걸린 기분으로

아주 오랜만에 만난 친구는 여전히 건강했습니다.
왜 아직 혼자냐고 묻더군요.
막 목을 타고 흘러들던 맥주 한 모금이 도로 넘어오려는 것을
가까스로 어금니를 깨물며 이내 웃었습니다.

별로 할 말이 없었습니다.
우리 중 누가 빨랐고 누가 늦었는지 더는 중요하지 않지만
상황도, 타이밍도 너무나 완벽하게 어긋나버렸으니.

나는 아직 당신이 치밀어 오를 때가 있는데
나도 그런 나를 이해하지 못하고 살고 있습니다.
그래서 더 할 말이 없었습니다.

누구나 가슴에 두고두고 사무치는 사람이 있답니다.
그 짧은 감동,
애태우던 미안함,
늦게나마
고마움으로 가슴에 점철된 사람.

이별 ing

하와가 건넨 사과가 목에 걸리는 바람에

아담의 후손들은 지금까지도 한 조각 사과를 걸고 다니고,

내 앞에 서면

유난히 움찔대던 당신의 한 조각 사과를

나는 이유도 모른 채 신기하게 쳐다보곤 했었습니다.

다 잊었다 생각하면서도 실은 그대로입니다.

버린다고 버려지는 것도 아니고요.

하지만 다시 행복해지는 일이 이렇게 어려울 줄은 몰랐습니다.

아주 몰랐다고 하면 거짓말이겠지만 정말 몰랐던 것도 같습니다.

당신이 자꾸만 목에 걸린 듯 나는 자주 울컥 치미는데

내 마음엔 당신을 두고 품은 미움이 너무 커지고 있습니다.

내 마음이 너무 초라해서,
그 초라함을 내가 견딜 수 없어서

어떤 일에든 끝을 본 사람은 알죠.

그것에서만큼은 다시 가벼워질 수 없다는 걸.

온전한 가벼움을 꿈꾸는 건 괜한 허튼 짓이라는 걸.

감정의 끝을 찍고 돌아와 조금은 더 단단하게, 조금은 더 낙망하며

하루 천 번 이상 내뱉고 주워 담길 반복하고 있습니다.

이별 ing

시간은 돌고 돌아 단번에 세기 어려울 만큼

내 숨의 횟수를 늘려놓습니다.

가슴이 아파 울다 지샌 밤은

이미 몇 해 전 달력에서나 세어볼 수 있고

어느덧 더운 숨에 지쳐 뒤척이는 짧은 여름밤을 걷고 있습니다.

'내 마음이 초라해서였어,

　　　　　내 마음이 초라해서.'

환하게 바닥을 보이는 투명한 바다를 본 것처럼

너무나 청량한 마음에 비교된 추레한 내 마음.

그게, 내가 당신을 찾는 일이 어려운 이유라면 믿겠습니까?

마음이 풍선처럼 부풀어 오르고

구름처럼 뭉게뭉게 피어나는 그 느낌을

나는 당신에게 보았었습니다.

그만 초라해도 될 텐데 변함이 없는 나는 아직도 뭉개고 있습니다.

여전히 스스로에게 석연치 않았던 건

그 끝에 서 보았기 때문이라고 돌려 말하고 싶었던,

참 짜증나는 하루였습니다.

내가 형편없이 초라하게 느껴지는 일이,

그렇게 느껴지는 날이.

망각의 동물이라는 건
저 멀리 어느 행성에나 존재하는
외계인이 아닌가 하고

두뇌트레이닝을 시켜주는 작은 기계가 있는데
화면 속 남자의 말에 심장이 한 번 오그라졌습니다.

"뇌가 복잡한 상태군요."

아무래도 나는 망각의 동물과는 확연한 차이가 있는 것 같아서
창틈으로 쏟아지는 비에 그대로 녹아 없어지고 싶었습니다.

젓가락 행진곡

어쩌면 제일 괴로운 건 나일지도 모릅니다.
투정조차 할 수 없고
암묵적인 동정도 썩 호의적이지는 않으니까요.
하지만 그보다 더 괴로운 것은,
당신이 사랑하던 나의 행방불명입니다.

서로를 유일하게 지탱해주는 분신이지만
단 한 번도 동시에 나아가본 적 없는 이 두 다리처럼,
깊은 연대감과는 달리 우리는 보기 좋게 엇갈리고 말았죠.
당신이 내 곁에 다가와 서 주었을 때에도
나는 매몰차게 외면했으니.

역시나 또, 나는 아무 말도 할 수 없습니다.

당신을 통해 내가 자란 흔적

섬세함을 잃는 건 아닌지,
애써 찾아놓은 조심성을 너무 쉽게 잊는 건 아닌지 염려하며
오늘 하루를 살아가고 있습니다.

이제는 내가 누구를 그리워하는지 모르겠습니다.
온통 그리움 투성인 듯도 하고요.
구체적인 그리움의 대상이 옅어져
애잔함이 다소 희석된 듯도 합니다.

세상은 또 하루 한 바퀴를 돌아 정직하게 제 구실을 합니다.
크고 작은 갈등으로 눈물을 흘리고, 염려하고, 개탄하며
어두움을 밝힙니다.

이별 ing

지금
우리의 시간은
어디로
향하고 있는지.

그래도 궁극적으로는
제법 괜찮게 나아가는 것이리라 믿어봅니다.
사실 아주 많이 믿고 있어요.

나는 조금 대범해지고 조금 더 관대해졌습니다.
경우의 수에 대해서도 마찬가지이며
지나간 것들에 대해서도 그렇습니다.
전혀 두려움이 없느냐 하면 그렇지는 않겠지만
담대해진 것도 사실이고요.
나는 이 점이 어느 옳은 일에 분명히 쓰이리라 믿고 있습니다.

나는 꿈속에서 노래를 불렀네

「왜 나를 찾아왔냐고 물을 필요 따윈 없었다.
'도망쳐!'
절박한 흐느낌이 소름처럼 끼쳐왔다.

겁이 났다.
'아무렇지 않은 일상' 가운데로 그가 나를 찾아왔다.

절망은 늘 그렇듯, 이내 포기를 선택하게 만들었고
그것이 단념을 불러내어 내 곁을 지키게 했다.

그러나 그것조차 '흔히 겪을 수 있는 것들 중 하나'라며
그는 보랏빛을 띠고 차츰 내 선 가까이에 다가왔다.
절망이, 희망이 뒤범벅되어 내게 고갯짓을 했다.」

온몸으로 흐느끼며 깨어나던 내 모습이
지금을 설명할 수 있는 전부가 아닐까 싶습니다.
'건강해라.'라는 당부로부터 어느새 일 년 가까이 흘러왔습니다.

나는 생각보다
썩
잘
지내지
못합니다.

나 지금, 울고 있어요

벌써 11월.

이 무렵이었던 것 같은데.

당신과 내가 처음 밥을 먹던 식당이

옷 가게로 바뀌었다는 걸

나른나른 취해 걷던 어느 새벽에 알았습니다.

가게 창 밖에서 한참 멍하니 서 있는 걸 끝까지 지킨 것은

한없는   애틋함과

그   웃지 않은

섭섭함.

인정하기

어쩌면 바로 지금 이 순간
우린 똑같은 얼굴을 하고 서로를 생각하고 있는지도 몰라요.

이별 ing

설령 죽는 날까지
당신의 존재를 한 단어로 짚어내지 못하는
나름의 불운을 겪는 대도
동행 내내

'내
    것'

이었다는 것만으로 얼마든지
간결해지고 명쾌해질 겁니다.

이별 ing

결국, 마음의 문제니까요.

What do you want?

미래가 없는 과거는 이만 잊는 것이 옳은 거라고들 합니다.

벗어나는 게 길이라고요.

이미 그 길을 다 걸어왔음에도 보편적인 기대가 존재하는 까닭은

이루어질 수 없음을 알기 때문이 아닐까요?

scene_64

나약함에 대하여

그때 얼마간으로 그치고 마는 다짐은 항상 있기 마련이죠.

나는 우리가 다시 만나면

절대로 그댈 외롭게 하지 않으리라

다짐했었는데.

내게서 쓸쓸함이 옮아버렸을 그대는
그 까맣게 잠긴 눈으로 지금쯤 뭘 다짐하고 있을까요.

어줍지 않은 위로도
할 수 없어서

운동을 잘하던 당신과 늘 비교가 되던 한 선배가 있었어요.
어느 선배 말씀으론,
아무리 연습을 한대도 타고난 게 없으면 힘든 거래요.
답답했던지 오만상을 찌푸리던 선배에게
"우리 다 프로는 아니잖아요."
할 수 있는 말이라곤 고작 이게 다였어요.

그래요. 이제 나는 그 말을 내게 하고 있어요.
사랑에도 프로가 있다면 얼마나 좋을까 하고요.
만일 그랬다면

시간에만 매달리거나,
헤매거나,
자책하는 일은 없었을 텐데요.

왜 떳떳하질 못하나요

누군지 뻔히 알면서,

메아리 없는 통화가 될 걸 뻔히 알면서

내 목소리만 들려주기 너무 억울했습니다.

왜 떳떳하질 못하나요

이별 ing

언제나 그랬듯 그대는 내게 아무 말 못할 게 뻔하니까요.

안 할 테니까요.

끝없는 이야기

그 어떤 이야기에도 끝은 없다는 걸 알았습니다.
끝은 새로운 시작을 만들고 그 시작은 더 광대하게 펼쳐지죠.
그렇게 또 다른 끝이 만들어지고
그 끝에 서면 끝이라는 말 자체가 무색해지고.

어디까지나 하나의 '극'일 뿐입니다.

끝없는 이야기.

상실의 끝에서
놓지 못하고 있는 것은

상

실

감

.

이별 ing

내 안에 이 녀석을 들여놓지 않으면 될 텐데
들여온 것도, 잠식된 것도 나예요.
내 안에 그 전염병이 돌고 돌아 수많은 내가 죽어간대도
결국 탓해야 하는 것 역시, 나예요.

그리고 그것에서 벗어날 수 있는 유일한 열쇠 또한 나 자신이에요.

결국 모든 게 나에게서 비롯되는 거예요.
누굴 탓할 것도, 곱씹어 황폐해질 필요도 없어요.

아름답다고

하루에도 수십 번

생각했어. 결국 이런 편지를

먼저,

널 절대 잊지 않을 거라는

지금 최선을 다하지 않으면

"일단 해보는 거야,
　　　　해보지 않고는 미래를 알 수가 없잖아.
지금 최선을 다해야 후회가 없지."

그래요.
설령 그 끝에 남은 건 아무 것도 없었다 할지라도.

아무 희망이 없다는 것

그대도 내게
나도 그대에게
사랑한다 말한 적 없습니다.

사랑한다 말한 적 없다고 그 마음 모를 리 없으나
알기까지는 또 얼마나 많은 시간이 흘렀는지 모릅니다.

어느새 내 곁을 그대보다 더 많은 바람이 스치고 지나갔고
그대보다 더 많은 날들이 걸어주었습니다.

전부 그대인 시절이 있었는데
이젠 내 앞에 그대는 한 치 앞을 알 수 없는 미래처럼,
까마득해요.

서로에게 미래가 될 수 없다는 것은 과거의 완전한 선언입니다.

이별 ing

나는
그게
좀
오래
슬플
것
같아요.

사람의 일이라 해도

세상이 풍요롭고 아름다우니 내 미운 마음쯤은 묻힐 것 같아

어깨를 펴고 고개를 젖혀 하늘을 바라보았습니다.

부족함 없는 태양의 열기에 스펀지 같은 인내로 모아둔 눈물을

모두 다 가져가라고 했습니다.

모두 다 가져가달라고 빌었습니다.

참 빨리도 비가 되어 내립니다.

고개를 바로 들기 무섭게

뜨지도 못한 눈에서 또 내리는 걸 보면요.

이별 ing

그대는 인력으로 더 어쩌지 못하는 '흔적'이 되어버렸습니다.
그 흔적마저 지워달라고 빌었습니다.

놓아달라고,
　　　빌고
　　　또
　　　　　빌었습니다.

놓지 못하는 게 아니라
놓아지지 않는 것이기에

어쩌다 내게로 향하는 미움 가눌 길 없으면 내 눈을 떠올리세요.
그 미움마저 내 눈 속에 담아두겠습니다.

그대 생각으로 눅눅해져도
다시 그대를 생각하면 쾌청해집니다.

또 돌고 도는 시간 동안 우리, 몇 번의 부딪침과 어긋남을 겪어도.
그대도 나도 이겨낼 테죠.
이 피곤한 무 력 함 을.

오르는 법을 배웠으면
내려오는 법도 알아야 한다며

"거기, 그리로 내려가다 쿵 떨어지지 않게 다들 잘 잡고 있어!
잘 받쳐주고 있어야 해."

"잘 받쳐주고 있을 테니까 그냥 내려오면 돼,
잘 올라갔으니까 이제 마음 편히 내려와."

"꽤 된 것 같아.
여기 올라와 목 빠진 기린마냥 있던 것도,
이렇게 사시사철 보내는 것도 한참은 된 것 같아."

"여기로 내려와야 라일락이 피어있는 곳에 갈 수 있지,
거기 그렇게 올라가있는 게 꼭 최선인 건 아니야."

"올라오는 법도 배웠고
여기 버티고 서서 지켜보는 법도 익혔으니까
이제 내려가는 법도 배워야지. 좀 피곤해."

"여기저기 돌아다녀보자, 여기는 네가 갈 곳이 많아.
내려오는 것도 귀찮으면 그냥 뛰어내려와도 돼,
우리가 받쳐주고 있으니까."

이별 ing

혼자 오르는 것도 혼자 그 위에 있는 것도, 다 오로지 혼자였는데.
내려오려 하니 다들 마중을 나와 있네요.

고마워요.
　　　올라와봤으니까
　　　이제
내려가는
　　　법도
　　　　　배울게요.

내려가는 길엔, 오랫동안 혼자였다던 그 생각이
결코 그렇지 않았음을 깨달을 테니.
내가 떠나왔으니 이곳에서 기다리는 일이 마냥 힘들지는 않아요.

하얀 결정체

하얀 눈길 위로 아직은 세찬 바람이 불어옵니다.
사방이 눈으로 덮인 이곳과 무엇이 있는지 모를 저곳이
너무 아득하게만 느껴지지 않는 건
내 곁에 선명히 찍혀있던 그대의 발자국이 있어서.
다시 홀로서다.

나예요

어느 날 발끝에 톡 걸린 돌멩이가 아프기만 한 줄 알았는데
그저 그게 돌멩이를 기억하게 만든, 의도하지 않은 몸부림,
사람의 만남이었다고 생각해주세요.

# scene_75

그댈 탓할 수는 없잖아요

라일락이 피려 하거든 그대를 내게로 보내주십사
얼마나 기도를 했는지 모르죠.

이별 ing

꽃은 피었다 지면 그 다음을 기약한다지만
사람의 일은 '그 다음'이 없나 봅니다.
젖 먹던 힘까지 짜내어 매달린다고 될 일이 아니죠.

어느 봄은, 곡 소리마저 삼키고 마는
홍수 속 여름 한복판으로 떠밀려온 것 같았고
또 어느 봄은, 꽃망울마저 단단히 닫아걸게 해놓고
섣부른 낙담을 하게 했었죠.

이별 ing

그러나 이 봄은 조금 다릅니다.
꽃이 피어나려는 그 안간힘을 바라보며
나는 응원하고 있어요.

당신을 내게 보내주지 못한 봄이어도
당신은 내게 안간힘을 다해 이 봄을 살아가라
응원해주었으니까요.

추억은 밥이 아니니까요

기대하지 않은 변화가 당신에게 있었습니다.
당신은 그걸 내게 꼭 보여주고 싶어 했었죠.
사람이 사람으로 인해 발전하는 기이함을 당신은 신기해했습니다.
그러나 고작 나는 유치하다며 시큰둥해했죠.
그 유치함이 훗날 내 슬픔을 겨우 막아주게 되리란 걸
그땐 미처 몰랐어요.

너무 오래, 당신과의 추억을 되씹으며 버텨왔습니다.
미래가 보이지 않은 건 늘 과거를 향해 돌아서 있었기 때문이고,
늘 배가 고팠던 건 추억을 입안에 넣고 씹기만 할 뿐
삼키지 못한 탓입니다.

그대가 곁에 없어도 그 마음이, 오늘을 살게 했습니다.
잘 소화하면 내일도, 모레도, 먼 미래에도 나는 건강하겠지요.

하지만 마음만 기억할 겁니다.
추억에 매달리면
어느새 내 기억 속의 당신만 사랑하게 될 테니까요.

내일을 살아내기 위해 추억은 오래 전 그날들로 보내주려 해요.

아무리 매달려도, 어제를 살아낼 순 없으니까요.

사는 동안 동행하는 사람은
단 한 사람만이 아니었음을

창문 너머 보이는 한강에는 달그림자가 섞여

고즈넉한 물결을 두 배쯤 더 아리게 합니다.

물결 속으로 세상 모든 빛이 침몰해

강을 꼼짝없이 물들이고 있습니다.

아무 일이 없었던 것처럼, 세상이 잠잠해진 것처럼

시간은 물처럼 흐르고 흐르겠죠.

당신은 나와 동행할 것이고 어느 틈에 사라지기도 할 겁니다.

여기까지 와서 뒤돌아보건대

내 아픔이 당신만큼이거나

그보다 더했다고 할 수는 없을 거예요.

내가 더 사랑하지 못했고 더 늦었으며

그 어떤 감정도 당신보다 격렬했다 할 수 없겠지요.

그렇지만 내게 주어졌던 내 감정과 견디어내는 강도가

결코

　　　부족하거나

　　　적었다고

　　　　　　　말할 수는 없습니다.

'기적'의 뜻은 '사랑을 받다'

어릴 적엔 피아노를 배울 때 메트로놈이 왜 필요한지 몰랐어요.

나는 꽤 박자를 잘 맞춘다고 생각했거든요.

그런데 지금, 오랜만에 찾은 건반 위에서 엉키는 손가락들을 보며

우리에게도 메트로놈이 있었다면

지금껏 발맞춰 잘 지내올 수도 있었으리란 생각이 들더군요.

그 전에 나는
사랑 받는 것에,
행복할 기회가 쉬이 날아들었음에 좀 더 겸손해야 했습니다.
교만은 열의에 차있던 내 두 다리의 아킬레스건을 잘라버렸죠.
당신과 발맞출 수도 없도록.

그때는 왜 몰랐을까요?
사랑을 받는 일이 결코 쉬운 게 아니었음을.

아무에게나,

　　언제든 주어지는

　　기적이

　　아　니　었　음　을.

패자의 변명

"두려워서 그래."
다시 사랑할 수 있을 줄 알았다가 막상 그렇게 안 되면
감당할 자신이 없다던 친구의 그 한마디가
참 미웠습니다.
용기를 내도 모자를 판에 두려워서 다가가길 포기했다니.
이 친구의 용기가 뚫어버리기엔
두려움의 벽이 너무 탄탄했던 모양이지요.
사랑과 용기가 부족한 친구는 끝내 패잔병이 되어
영구퇴출 됐습니다.

도대체 누가,
더 사랑한 쪽이 지는 거라고 하던가요?

친구에게 별 위로는 안 되겠지요.

술이 다 무슨 소용이며 다그쳐봤자 달라질 건 또 뭐냐고요.

하지만 열심히 기도해봅니다.

꿋꿋이 기다렸지만 끝끝내 바람맞은 내 친구의 그녀를 위해,

사랑이 고프지만 그릇이 안 돼 결국 또 굶어야 할 내 친구를 위해.

그리고

꽤 오랫동안 신입사원 채용을 포기했던

당
신
을

위
해

.

내가 해줄 수 있는 단 하나

얼마 전에는 당신이 꿈에 나타나 내 앞에서 울고 있었어요.
나 때문이라는 걸 알 것 같아 꼭 끌어안아줬어요.

내게 열심히 살아야 할 이유와 더 힘을 내라던 당부로
그대 없는 삶에 용기를 내게 해놓고
정작 당신은 빈털터리였나 봅니다.

매일을 내 곁에 함께 해준 당신인데
난 꿈에서 한 번 꼭 끌어안아준 게 다예요.

그 한 번의 포옹이
몇 번의 말보다
더 큰
위안이 되었기를.

이렇게라도 알아봐주기

나 없이도 활짝 웃던 생소한 그대 얼굴,

그 웃음이

머잖아 내게도 피어나던 날 알았죠.

이렇게라도 알아봐주기

'애 쓰고 있던 거구나?'

내 마음은 당신만큼
튼튼하지 못해서

소금에 숨죽은 배추처럼 축 늘어져선

아직 다 마르지 못한 눈물을 달고 있을 때

당신은 내게로 와 속삭입니다.

"더 힘을 내야지."

왜 우리가 서로의 시간에 존재했었는지

그 이유를 이제 조금 알 것 같아요.

내 삶이 삶다울 수 있으려면 당신의 힘이 필요했던 거죠.

내 부족함을 메우고 안아주는 것.

그리고 그 많은 시간이 흐른 지금도 이어지고 있어요.

한때, 곧 당신이었던 나의 삶이 삶다울 수 있도록

당신은 힘을 보태고 나는 그 힘으로 일어서는 거죠.

당신을

위해.

　　나를

　　위해.

나조차 싫어하는 내 빈약함을 지금껏 감싸주어 고마워요.

그 마음이 나로 하여금

매번 세상 밖으로 다시 나아가는 힘이 되었어요.

이 요거트는 원래 달았는데

근처 편의점에 들러 먹거리를 찾다가
당신이 '아이스크림'이라고 부르던 제품을 보았어요.
시리얼을 섞어먹는 요거트였는데
친구와 그걸 먹던 중 당신과 마주친 오래 전 기억이 났어요.
도서관에서 공부를 해야지 아이스크림이나 먹으며 놀면 어쩌냐고
작은 꾸지람을 남겨놓고 가던 날
나는 '이게 아이스크림이래.' 하며 친구와 한참을 웃었어요.

그대를 저 먼 나라로 떠나보낸 후엔

보기만 해도 가슴부터 시려와 입에 대지도 못했는데

낯선 반가움에 시리얼까지 다 털어놓고 떠먹었건만

그때 그 맛이 아니더군요.

순간 입 안이 써 다 먹지도 못하고 미련 없이 버렸습니다.

변한
건
나
하나만이
아니었나
봐요.

가볍게 털고 가세요

얼마 전 후배가 기차를 타야 해서 같이 서울역에 갔었어요.
기차 앞까지 배웅하고
오래 전 당신과 함께 오르던 계단을 밟으며 올라오는데
'이젠 정말 혼자구나.' 라고 느꼈습니다.
계단이 너무 길다며 한 손으론 콩콩 허리를 두드리고
다른 한 손으론 당신의 팔을 잡고 낑낑 걸어 올라오던 그 길이었죠.

시간이 느릿느릿, 너무 안 간다고 불평하면서도
이럴 땐 세월의 흐름이란 게 분명 있는 것 같아 낯설고 불편해요.

서울역에서 헤어지던 후배가 물었어요.
진정한 사랑이라고 알 수 있는 그 무엇이 있냐고.
그건 마음으로 느낄 수 있는 거라고 대답했어요.

하지만…
그 마음도 지키지 못하면 다 아무 소용없는 거예요. 그렇죠?

달님. 그 높은 곳에서 우리 사는 모양새가 다 보입니까?
그럼, 높이높이 뜨시어 그 사람에게 내 마음도 밝혀주세요.
잘 있다고, 나는 잘 살아간다고 얘기해주세요.
앞으로도 잘 살아갈 테니 걱정 말라고 전해주세요.

너무 길거든

이별 ing

그냥, 건강하더라고 전해주세요.

길지 않기에 마법이겠지

샤워를 하고 멍하니 창 밖을 보다 벽시계에 눈이 가네요.

11시 35분.

그런데 노트북을 보니 12시 42분이라잖아요?

한 시간 전에 저 높이 떠 있는 달님에게 부탁 하나를 했었죠.

나 대신 당신에게 좀 가달라고.

길지 않기에 마법이겠지

샤워를 하고 멍하니 창 밖을 보다 벽시계에 눈이 가네요.

11시 35분.

그런데 노트북을 보니 12시 42분이라잖아요?

세상이
   멈췄나
   봐요.

내가 너무 가여워 하느님이 위로 삼아 생각하라고
달님과 은밀한 거래를 나누던 그 시간으로
벽시계를 멈추게 하셨나 봐요.

하지만 한 번 일어난 기적도 그리 오래 머물지 않네요.
조금씩 천천히 초침이 돌아가기 시작한 걸 보면.
우리 사이에, 우리 인생에 단 한 번 벌어진 그 기적이
그리 길지 않았던 것처럼.

반드시 행복해지겠다

얼마 전, 당신이 살았던 동네를 지나쳤어요.
초록빛이 익숙한 우리 동네와는 달리
금빛 은빛 반사광이 주를 이루는 그곳은
내가 알던 당신과는 잘 어울리지 않았어요.
하긴, 내가 알던 그대는 너무 많이 왜곡되고 폄하됐었으니
내 눈도 정확하지는 않겠지요.

언젠가 한 선배가 그랬습니다.
머잖아 마음에 쏙 드는 사람을 만나게 되면
내 이런 지금도 분명히 달라진다고.
못 잊을 것 같아도 자연히 잊힌다고.

진심으로 그대의 행복을 빈 적이 있었을까요?
잘 지내주길 바랬지만 행복하길 바라지는 않았던 것 같아요.
내가 행복하지 않았으니까요.

적어도,
우리 사랑이 서로에게 어떤 가치를 지녔는지 모르지 않기에
난 반드시 행복해질 거예요.
당신의 행복을 진심으로 빌 수 있게 되는 날
내   사랑은
       완성이
              될 테니까요.

무지개연못에 비가 오던 날

많이 그리워할게요.

나는 청개구리라 하지 말라고 하면 더 하니까,

이별 ing

많이 그리워하라고 하면 반대로

덜 그리워하게 될 거예요.

그러니, 많이 그리워하라고 해줘요.

내 마음은 피사의 사탑만큼
오래 버틸 줄 알았는데

당신을 못 잊고 살 줄 아느냐는 얘길 들을 때면

어쩐지 우리 사랑이

볼품없는 골동품 취급을 받는 것 같아 언짢았어요.

신경 쓰지 않아도 될 일인데 두고두고 마음에 남아선

이따금 한 번씩 나를 들쑤셨죠.

생각해보면 나도 다를 게 없는 것 같아요.

그리움, 괴로움을 토로하는 사람을 향해

남들과 대꾸하는 방식이 조금 달랐을 뿐이지

결국 내 얘기의 핵심도 잊을 수 있다는 거였으니까요.

그대 마음을, 내 세상을 받치는 기둥 삼아 지낸 지 몇 년 만에

균열이 생기기 시작했습니다.

머지않아 무너질 텐데

아직 그 끝을 준비하지 못하고 있는 건

골동품으로조차 남지 못할까 싶은 초조함이나

정말 이별이 될 리는 없다는 믿음이 흔들려서가 아닙니다.

마음을 받아도 잘 간직하지 못할 만큼 미련했던 나 자신과

그런 내 사랑에 당신이 얼마나 허기졌을까 하는 안타까움이

새삼스레 밀려들기 때문에.

짧지만 아름다워 행복했던

사랑하는 사람을 보낼 줄도 알아야 하고
사랑한다는 감정에 예의를 지킬 줄도 알아야 하며
필요하다면 때에 따라 안녕을 고할 수도
또, 받아들일 줄도 알아야겠죠.

어차피 감정은 꽃과 같아서 시들지 않는 건 없습니다.
늘 싱그러울 수는 없는 일이죠.

그게 언제든 더는 그 꽃에 물을 줄 수 없게 됐을 때
가장 아름다웠던 모습 그대로 말릴 줄도 알아야
그게 사랑이라고 위로합니다.

눈부시게 찬란한 순간은
봄의 절정에 보름쯤 피다 향기만 남겨놓고 간 라일락처럼
잠깐인 것 같아요.
그래서 그 여운이 더 긴지도 모르겠어요.
하지만 그 봄은 다음 봄을 기약하죠.
그 다음 봄에도 여전히 찬란할 수 있다면
그땐 또 그 다음 봄을 기약할 것이 아니라

이별 ing

봄의 연장선이 된 여름과 가을,
겨울을 보내는 것이 되리라 희망합니다.

하얀 발자국

어떤 사람이든 흔적을 꼭 남기는 것 같아요.
사랑하니까 무조건 닮고 싶어 따라 했던 게
지금은 아예 습관이 되어버린 것도 있어요.

스치는 많은 사람들도 저마다 하나씩 남기더군요.
좋은 것 하나,
나쁜 것 하나.

내게 그대는 무엇을 남기게 될까요?
설령 그대가 남기는 그 무엇이 대단한 게 아니라 해도,

부디
좋은
것만
　　　남기고
　　　싶어요.

이별 ing

안녕

항상 그렇게 알고 살던 건 아닌데
어느새 내겐 안녕이란 인사가 막막함,
먹먹함과 같은 의미였나 봅니다.
잘 지내주길 부탁하는 마음으로 나누던 당부의 말이
마냥 아프기만 한 이별쯤으로 들렸던 걸 보니.

"안녕!"
꽤 오랫동안 못 볼 친구가 등 뒤에서 외치던 그 인사는
'다시 만날 수 있어.'라는 확신과
'보고 싶을 거야.'라는 마음까지 전해주어
그것만으로도 나는 마음이 한 뼘 밝아졌습니다.

나도 다시 열심히, 새로운 길을 걸어가렵니다.
친구의 응원과 믿음이 결코 헛되지 않도록.
'안녕'이란 마지막 말 속에 담긴 그 따스함이
다음을 기약한 날들에 부디 좋은 소식을 예고함을,

<u>잊지</u>
　　<u>않도록.</u>

마주보고 하고 싶던 말

사랑이 지고
그 자리에 다른 사랑이 피어나는 건 어렵지 않았어요.
다만 그 사랑을 돌보기가 무서웠습니다.
자연히 피어나 알아서 커주길 바랐죠.

그게 어쩌면 욕심이었던 것 같아요.
내 능력 밖이라 어찌할 도리가 없었다 해도
그래도, 그 모든 게 이제와 생각하면
다 내 욕심이었던 것 같습니다.
알아서 커주길 바라고.
알아서 이해하길 바라고.
알아서 물러나 있다 알아서 곁에 찾아오겠거니 했지요.

나는 아직 사랑을 모릅니다.
사랑이 단지
좋으면 웃고, 아프면 우는 것으로
다 알 수 있는 건 아닌 것 같아요.

하나만 알아주세요.
그대의 사랑이 부족해서가 아니었다는 걸.
까마득히
사랑을
모르는
내
탓이었다는
걸.

아카시아 숲 자락에서
솔 향을 그리다

시간이 지나니, 나대로 주어진 몫을 제법 잘 견디게 됐고
생각보다 나쁘지 않게 지내게 됐습니다.

그런 날들에 맞닥뜨린 고속방지턱이 있어요.
마음을 두드리거든, 잘 생각해보라는 뜻인 것 같고요.
너무 매몰차게 돌아서진 말라는 것도 같아요.

조금 걱정은 했어요.
한때 마음에 철옹성 같은 집을 짓고 아무도 들어오지 못하게 했잖아요.

혹 아무리 대단한 걱정일지라도
철옹성에 칩거하는 순간엔 마음이 편안했습니다.
그런 내게 어디서 어떻게 바람이 불어든 것인지 모르겠네요.

시베리아 한복판에서 여름날 바람소리를 들었다는 건

말이 안 되는 줄 압니다.

초록빛 물결이 넘실거리는 지금을 믿어달라고 해도 이상하겠죠.

그런데 지금 내 귀엔 청량한 바람소리가 들려요.

어느새 나무의 푸르른 생명력을 올려다보고 있어요.

그런 작은 기적이 일어나고 있어요.

내가 너무 꽝꽝 얼어붙었던 모양이에요.

이제야, 내가 추위에 떨고 있었다는 걸 느끼게 됐어요.

갈림길에서

우리의 공통된 미련함이 오늘날 나를 이만큼 자라게 했으니
나도 아주 못난이는 아닌 것 같습니다.
그리고 이 이유만으로 충분히,
역행하면 안 된다는 걸 잘 알고 있습니다.

그냥 그 자리에 있던 당신처럼
해 하나만 바라보며 살아온 횡단보도 해바라기들은
흔적 하나 남기지 않고 사라졌습니다.
그게 8월의 마지막 날에
내가 떠나보낸 여름풍경이었습니다.

곧, 그 도로변이 공사에 들어갔다는 소식이 들려와
내 마음에도 〈공사중〉이라는 표지판을 달게 했습니다.

오래
전
그날
처럼,

밤이 지나치는 내내 흘리던 눈물을 다시 보이지 않고도
지금 내가 소망할 수 있는 단 한 가지는
혹여 열 개의 손가락으로 셀 수 없을 만큼 해가 바뀐다 해도
남아있을 슬픔과 애증은 결코 무겁지 않길 바라는 것입니다.

그대 외면의 이유도 어쩌면

나는 언제나 그를 향해 외치고 있었다.
'잡아줘!'

이별 ing

오랜 체념과 두려움이 낳은 결정은
그에게서 나를 완전히 떼어놓았다.
혹은 계산이었을지도 모른다.
내가 염려하는 건
그가 자신의 결정에 조금의 후회라도 하지 않을까 하는 것이다.

자존심 때문에 상처를 입는 건
나 하나로 충분한데.

이별에도 끝이 있다

갔습니다.
한 번은 봐야 할 것 같아서요.
딛고 있던 자리, 바라보던 언덕, 마주친 공간,
그때 그 모든 기억을
한 번은 다시 봐야 할 것 같아서요.

또 한 해가 다 가도록
이별에 공을 들이는 내가 있습니다.

살다가 문득 아, 잊는구나 하고 느낄 땐 그냥 넘어가주세요.
무장해제인 채로 불쑥 또 나타나는 꿈에서

자꾸
　　슬프게
　　깨어나야
　　　　하는
피로를
덜고
　　싶어요.

한 번쯤은 알아봐주는
사람이 있었으면

사랑 받고 싶으면 스스로 사랑 받을 가치가 있는 사람이 되어야지.

이별 ing

내가 생각하는 사랑은 그래.
사랑을 받고 싶다면 그만한 가치가 있는 사람이 먼저 되어야 하고
항상 노력해야 한다고.

하지만 살아가다 보면 사람은 예견 못한 늪에 빠져
기약 없이 허덕일 때가 있지.
눈에 보이는 매력이 사라졌다고 해서 그 사람 곁을 떠나면
허덕이는 사람은 뭐가 되는 거지?
달면 삼키고 쓰면 뱉는 게 사랑은 아니잖아.
손은, 그렇게 쉽게 놓는 게 아니잖아.

묵묵히 지켜주고 마주잡은 손에 더 힘을 넣어주는 것.
나는 그런 게 사랑이라고 배웠어.

그저 내 바램은, 내 노력을 알아보는 사람이 있길 바란다는 거야.
그래 주길 바라는 게 아니라, 그런 사람을 바래.

나는 내 늪에서 빠져 나오길 정말 많이 노력했는데
심지어 내가 빠진 늪을 두고도 불안함을 느낀다면
그 허상과의 경쟁에 내가 다독일 수 있는 말은 없어.

나는 정말 많이 노력하는데 겨우 그거냐고 물으면
난 어느 때보다 초라하게 위축돼.

난 정말 많이 노력한 건데….
지금도 노력하고 있는데.

너를 향한 나의 마음을

내겐 눈에 보이는 그 어떤 변화보다 중요하다.
나아지겠지, 나아져야겠지 하던 게
스스로 느낄 수 있는 변화로 실현됐다.

마음이 나아졌다고 흔적이 사라지진 않을 테고
문득 불거질 수도 있겠지만
내 감정이기에 아파하는 것과
그저 슬픔이란 감정에 동요하는 건 다르니까.

거리 한가운데에 서서 오지 않는 사람을 기다리는 것이 아니라
이미 걸어온 길목의 끝에서
한번 돌아보는 것에 지나지 않게 되었다.

이별 ing

마음을 내려놓다.

내가 너를 기억할 수 있는 것

사랑은 언제나 각기 다른 이유로의 구원이었다.
사랑에 무언가를 기대하는 일이야말로 아둔한 일인지도 모른다.
그 사랑을 구원으로 만드는 건 내게 달린 일이었는데
나는 오로지 나 자신을 열심히 맡기기만 했었다.

누구의 사랑하는 방식이 가장 옳다고 할 수는 없다.
다만 우리의 가장 큰 실수는,
늘 자신만의 방식으로 사랑했다는 것이다.

이별 ing

어쩌면 내 불안정한 신경을 그는 이해하고 싶었는지도 모른다.
그걸 나 스스로 얼마나 참고 있었는지를,
나보다 먼저 알았는지도 모른다.
그의 침묵은 그 이해의 표현이었는지도 모른다.

가볍지 못한 내 오른손을 보고
왼손을 내밀어 처음 악수를 하던 그의 큰 손.
그렇지만 그의 손이 얼마나 따뜻했는지는 기억이 나지 않는다.
내게는 여전히 가로등 아래 빨갛게 언 그의 손만이 생생하다.
그의 언 손이 우리 사랑의 마지막 온도였을지도 모른다.

245mm에 생긴 변화

다시 사랑하는 일에 일말의 두려움을 안고 있다.
마음은 벌써 새로움을 찾아 발을 떼었으나
선뜻 어느 세계로 향하는 문을 열기가 어렵다.

노력에는 그만한 칭찬도 있어야 하는데
하나같이 내 걸음이 느리다며 다그친다.
침대에 누워만 지내다
어느 날엔 휠체어를 타게 됐고
그로부터 어느 날엔 목발을 짚게 됐다.
그 영광스러운 진척을 두고 왜 두 다리로 뛰질 못하냐고 한다.

동반자는 내 발걸음을 맞춰 걷는 사람.

한 걸음을 옮길 때마다

내 걸음을 맞춰 줄 가장 좋은 벗을 소망하고 또 소망한다.

어긋나지
않고

나란히
지탱해
걸을
수
있는.

한 걸음에 담긴 의미가
비로소 다른 빛깔을 띠기 시작했다.

epiphany

간 절 했 다 .

간절했기 때문에 그토록 아파하지 않았던가.

그렇지만 그 말 또한 맞다.

이 사랑이 여기에서 끝난 건 끝까지 사랑하지 않은 거라는,

죽을 만큼 간절하지 않은 거라는.

하얀 눈 더미 위에

처음으로 당신의 이름을 적어보았습니다.
부르면 날아갈까 입 밖에 내어보지도 못했던 그 이름.
눈 위에 새겨진 그 이름은
머잖아 햇빛에 녹아 없어지겠죠.

새기는 내내 손끝을 시리게 한 하얀 결정체를 내려다보니

녹는 순간까지 투영하게 빛나다 흔적도 없이

증발했습니다.

희망

돌아오는 매 겨울이면
애태운 가슴에 남은 그을음을 지워내느라
손이 어는 줄도 모르고 새하얀 눈을 집어 벅벅 문질러댔었다.

그리고 어둡고 더웠던 내 겨울이,
곳곳에서 하얗게 반짝이기 시작했다.

내 삶에 안기는
포용으로부터의 선물

아주 따뜻하고 강건한 마음을 가진 사람을 꿈꾼다.
내게 미약한 것을 단단히 갖춘 사람이
온전한 벗으로 찾아오길 희망하는 날들이다.

눈이 내리면 설레는 마음으로 눈 소식을 전할 수 있는,
그런 반가운 사람이라면 좋겠다.
아프면 아프다고
슬프면 슬프다고 털어놓을 수 있는 사람,
소소한 일상을 공유하고
언제든 반갑게 떠올릴 수 있는 사람.

눈길 위를 걷는 동안에도 외롭지 않은 건
아마 우리 모두가 혼자이면서도
결코 완전한 혼자는 아니기 때문일 것이다.

나 역시 그 한 사람으로 인해 혼자이지만은 않았음을
감사히 받아들이고 싶다.
명확하지 않은 경계에도 불구하고
그가 자연스레 그의 흔적을 지워가도록
따뜻하게 지켜보고 싶다.

이별 ing

그럼에도 남은 흔적이 있다면

온전히 내게 주어진 몫으로 잘 간직해야지.

우리 모두 서로의 곁에 잠시 있었다는 '흔적' 하나쯤이

없는 것보단 있는 게 나을 때가

　　　　　　　　　　좀 더 많으니까.

그가 그녀에게···

Indian summer

우리의 여름은 끝나지 않았다

라일락이 피어나던 무렵 나는 그녀를 처음 보았다.
눈길 한번 안 주는 그녀를 먼발치에서 바라본 게 다였지만.
아직은 해바라기가 여름마냥 피어있던 가을 문턱에서
나는 비로소 그녀에게 하나의 존재로 각인되기 시작했다.
내 시간은 찰나의 그 무렵에 멈춰져 있다.

지금은 봄의 반대편이지만

"저는 라일락 향기가 참 좋아요. 그렇지 않아요?"
그녀는 라일락 향기가 좋다고 했다.
설레는 정도가 아니라 가슴이 터질 것 같단다.
라일락에서 무슨 향기가 나는지 잘 기억은 안 나지만
몰라서 대답을 못한 게 아니라
그저 그녀 앞에만 서면 늘 벙어리가 된다.

라일락이 절정인 이 봄에
그녀의 입술 사이로 새는 기쁨을 받아 꿀꺽 삼키고
날아갈까 입술을 단단히 잠근 내가 곁에 있었다.

여기, 해바라기 한 송이

처음으로 아르바이트를 해서 번 돈을 꼭 그녀에게 쓰고 싶은데
맛있는 밥을 사주겠다고 아무리 불러내도 꼼짝하지 않는다.
방학이라 적당히 불러낼 핑계거리도 없는데.

마음 같아선 당장이라도 고백하고 싶지만
그녀의 대꾸가 눈에 선하다.
"저에 대해 뭘 아세요?"

정작 자신에 관해 모르는 건 바로 그녀다.
강한 척하는 그녀의 여린 마음을 보듬어주고 싶고
확신이 필요한 그녀에게
자신이 얼마나 큰 힘을 지녔는지 알려주고 싶다.

사랑은 해바라기와 같은 거라고 했던 그녀가
그녀만 바라보는 나를 왜 알아보지 못하는 걸까?

시작

처음 무언가를 시작하는 이들에겐
많은 실수가 용납된다.
그러나 명백한 예외도 있다.
휘슬이 경기의 시작을 알리는 순간이나,
비로소 내 사랑을 다짐한 순간이나.

내게 주어진, '함께'라는 이름이 허락된
그녀와의 공존을 시작하며
출발의 의미를 처음으로 부여하게 됐다.

나는 출발선에 있다.

Love is a fantasy

같은 하늘 아래 있다는 것만으로 가슴이 벅차다.
발길 닿는 곳마다,
　　　　손길 닿는 곳마다 설렘이 가득하다.
늘 마시는 공기,
아침저녁으로 바라보는 버스 창 밖 풍경과
새로 넘기는 책 사이에서도,
인사를 건네는 미소와 눈맞춤 모두
푸르고 향기롭고 아름다울 수 있구나.

네가 거기 있다는 것만으로

3월이 으레 그렇듯 동아리 홍보에 학교는 시끌시끌하다.
우리도 신입생 유치가 필요하다며
그녀가 손수 홍보물을 만들어온단다.

"네가 올 때쯤 오빤 수업 듣고 있을 텐데
가져오면 책상에 올려놓고 오빠한테 연락해줄래?"
알았다며 고개를 끄덕이는 그녀.

그거 아니?
내 곁에 네가 잠시라도 존재하는 것만으로
처음 바로 선 내 일상이 지탱된다는 이 놀라운 사실을.

꼬인 날

그녀와 처음 단둘이 동행하는 자리인데.
어제 술을 너무 마신 게 보통 신경이 쓰이는 게 아니다.

지금 한 시간이 넘게 내가 말을 못하는 건
언제나 그녀 앞에서 벙어리가 되는 탓도 있지만
술 냄새 난다고 싫어할까 봐.
가뜩이나 불안한데 볼멘소리를 하는 그녀.
"제 친구 왜 물 먹이세요?"

그래, 지난 겨울 아르바이트가 끝나던 날 고백을 하려 했었지.
"너, 오빠 혼자 내버려둘 거야?"
운을 그렇게 띄운 게 잘못이었을까?
'그럼 제가 친구 한 명 소개시켜 드릴까요?' 라니.

못 알아듣는 그녀 탓이 아니라
못 알아듣게 고백을 한 내 탓이지.

"왜 그러셨어요?"
그렇게 말끄러미 바라보며 물으면 어떡하니.
운전 좀 하자는 변명으로 그녀의 말을 삼켜버렸다.
왜 그랬는지는, 지금 이렇게 말하고 싶은 말이 아니야.

Practice makes perfect

저만치 통통 뛰어내려오는 네가 보여.
나는 아까부터 후배 녀석 하나 붙잡아두고
열심히 몸을 풀고 있다.
내가 이만큼 성실하고 열의에 찬 남자라는 걸 보여주고 싶어서.

네가 점점 다가올수록 심장이 몸부림을 치는데
방금 코앞까지 다가와 인사한 너에게
나는 겨우 고갯짓을 한 게 다야.

그렇지만 그냥 스쳐 지나는 그 잠깐이
나는 몇 시간을 기다리고 연습한 거란 걸 아니?

그렇게 몇 달째,
난 '네가 알아듣기 쉽게' 고백할 연습을 하고 있단다.

하나의 의미가 되었다

이 정도 감기몸살이야.
아픈 사이사이 잠시는,
너무 내 마음을 몰라주는 그녀가 좀 원망스러웠지만
결국 내가 바보 같은 탓이다.

그녀가 무심히 던진 말들이
내 온몸에 창으로 날아와 꽂혀 드는 걸
난생 처음 겪었다.
사랑 받지 못하는 것도 슬픈데,
희망이 짓밟히는 건 이렇게 아프구나.

그럼에도 오늘 밤을 넘기지 않고 다 나을 수 있을 것 같다.
그녀가 지금 나를 믿고 걱정해주는 그 자체만으로 된 거다.
그녀에게서 나는 절대 쓰러지지 않는 영웅으로 태어났다.
이 메시지는 영구보관 해야지.

나는 슈퍼맨이다.

그녀가 처음 울던 날

그녀가 마음 편하게만 지내는 건 아님을 알고 있었다.
늘 아무렇지 않은 척하는 모습에
내 마음이 쓸쓸해진 적도 있었지.
지친 어깨가 눈에 띌 때면
나도 묘한 긴장을 하고 있던 차였다.

이제 그녀를 볼 수 없다고 한다.
왜 이럴 땐 함께 듣는 수업조차 없는 걸까.
돌아오게 해야 한다.
그걸 가능하게 할 수 있는 건 나밖에 없다고 했으니.

노랫말은 모두 실화인가 보다.
나도,
그녀가 처음으로 울던 날
내 곁을 떠나갔다.

이별 ing

따스하고 예뻐서

참 서럽게 울던 네 곁에 앉아 달래주며
노란 파일 하나를 내밀었지.

공부하라며 선배로부터 나눠가진 파일 중에
너는 초록색을, 나는 노란색을 받았지.

예쁜 색으로 가지라고 내 것과 바꿔주었는데
갑자기 네가 더 서럽게 울어서 어쩔 줄을 몰랐어.
파일을 감싸고 있던 그 빛깔이 따스하고 예뻐서
너에게 작은 위로가 되리라 생각했는데.

눈물로 얼룩진 네 얼굴을 놀리자 그제야 샐쭉하게 웃던 너.
지금, 네가 앉아있던 자리를 쳐다보며
그때와 같이 농담을 던지는데….

정비례

맹목적인 희망과 바램으로 점철되는 매일에,
그녀의 부재에 얽힌 감정의 나락 또한 끝이 없다.

이별 ing

보랏빛 향기

나는 오늘 도서관 앞에 서 있었어.
처음엔 날 못보고 지나치나 했는데
한참 내리막길을 걷다가 돌아보더라.

그래, 난 여기 있어.
난 여기에서 널 기다리고 있어.
네 마음이 조금 편안해지거든 다시 그렇게 돌아보도록 해.
그땐 오늘처럼 너와 같은 빛깔의 옷을 입은 남자를 찾으면 돼.

채근하지 않는 것.
묵묵히 지켜보는 것.
이게 네가 원하는 거란 걸 알아.

넌, 줄 하나를 그어놓고
네 허락 없이는 아무도 들어오지 못하게 하지.
섣불리 들어갔다 아웃 된 사람들보다 네가 더 상처받았을 걸 알아.
하지만 모두가 그러리라 생각하면 안 돼.

아니?
이제 해바라기가 곳곳에 피어나기 시작했다는 걸.

반비례

나는 더 말이 줄었고
대신 나를 둘러싼 매캐한 연기만이 늘어난다.

그녀와 나의 여름이 소멸되는 동안
잿더미만 수북하게 쌓여있다.

처음, 감동

내가 늘 보아오던 사람들과 그녀는 전혀 달랐다.
그녀만이 가진 열정과 꾸밈없는 애정이
내게 닿은 최초의 감동이 되었다.

나는 그녀에게서 꿈을 꾸는 법을 배웠고
지금 내가 꾸는 꿈에는 그녀가 있다.
그저 꿈꾸고만 있으면 안 되겠지.
그렇지 않으면 꿈이 아주 부서질 테니까.

그녀가 부서지는 순간 나는 다시 원점이다.

버릇

언젠가 그녀는 내가 운전하는 차를 또 타고 싶다며
어린아이처럼 들떴었다.
다음을 약속하는 것이리라, 혼자 돌아오는 밤 내내 부풀던 마음을
가만가만 쓸어 내렸었지.

그러나 그녀가 약속한 다음은
내 옆자리에 앉아 천진하게 들떠있던 그녀를
오래도록 그리워하게 만든 일이었다.
그리고 그때부터
텅 빈 옆자리를 돌아볼 때마다 내 가슴을 쓰다듬는 일이 늘어났다.

보편적인 사실

가을바람과 너는 닮았구나.
하루의 고단한 열기를 씻어내고
삭막해진 가슴을 보듬어주는 것이.

그러나 결코 손에 잡히지 않는 것마저도.

우승하던 날

운동장 한켠에서 폴짝폴짝 뛰며 좋아하는 너.
쪼르르 달려와 다친 곳을 만져주는 너.

시간만 꼭 한 해를 더 돌았을 뿐
내가 기억하는 풍경은 변한 게 없다.

이별 ing

True or False

직접 듣고 싶은 말이 많았는데
'사랑하지 않아요.'
이 말이 내가 그녀에게 들은 최초의 대답일까 봐
손을 내밀지도 못하고 주저앉았다.

그녀에게 닿지 못한 내 진심이
스스로 신뢰하지 못하게 된 건 어떤 혼란에서였을까?

너무나 비겁하게
영웅은 죽었다.

유령 같은 내 사랑의 실체

타고나길 용기가 없는지
번호를 감추고 내가 아닌 척 전화를 했어.
목소리를 들으니 잘 지내는 것 같아.
네가 몇 번이고 '여보세요?'라며 이쪽을 부르는데
유령마냥 내가 누군지 밝히지도 못하고 있어.

너의 집 앞에 해바라기들을 꽂아놓던 밤,
한참을 서성이며 네 뒷모습이라도 보겠다고 기다렸지.
내가 네 곁에 있다고, 늘 함께라고 알려주고 싶어서
이미 지고 없을 해바라기를 대신해 조화를 심자 했었어.
그날 밤을 너는 어떻게 기억하고 있니?

너에게 부담을 주고 싶지 않다는 이유가
내 부족한 용기를 합리화시키는 변명이 아니었을까,
생각해보고 있다.

이별 ing

그렇게 배터리 한 칸짜리밖에 안 되는 용기를 생각하는 동안
끊어져버린 전화.

금방 겨울이 올 텐데
지난 겨울보다 너를 더 사랑해오던 나는
사랑한단 말 한 마디 못하고
한 해를 채우나 보다.

가로등 아래에 서서

기억하니?
너와 멀어지기 전까진, 집에 들어가는 길이면
늦은 밤 전화를 걸어 이런저런 말들을 늘어놓곤 했어.
네 웃음소리가 좋아
어떻게든 말을 잇는다는 게 매번 횡설수설했던 것 같다.

이 골목길 가로등 아래에
그토록 따스하던 순간이 있었다는 게 꿈같아서
나는 한참을 그냥 서 있다.

가로등도 나도 휴대폰도 모두 다 그대로인데
너 한 사람이 증발해버린 후로
가로등은 가로등이 아니고
휴대폰은 아무 웃음소리도 나지 않고
나는 더더욱 말이 없어져간다.

분홍색 운동화

사물함에서 네가 남긴 마지막 흔적을 보았어.
이제 곧 새 학기라 청소를 하고 사물함을 비우고 있거든.

유난히 눈에 띄던 색이 운동장 어딘가에 보이면
고갤 들어 너를 확인하곤 했었는데.

그 운동화는 이렇게 내 앞에 있는데
너는 지금 어디에….

선택의 반전

너를 다시 내 곁에 돌려놓을 수 있는 기회가
마침내 내 손에 들어왔을 때
그 기회도 너도
내 손으로 부숴버렸다.

어느 누구의 손에 부서지기 전에.

이별 ing

네가 없는 세상

"눈이 너무 많이 와서요.
제가 이 정도 눈길 위는 좀처럼 걷질 못해요."
만나고자 걸었던 내 전화에 어느 날 네가 그랬었지.
이번 겨울은 폭설이라고,
길이 꽝꽝 얼어 좀처럼 걸을 수가 없다고.
방학인데 며칠째 집안에만 틀어박혀 있다며
다음, 또 다음을 얘기했었어.

네가 내게 오지 못하는 이유라던,
그 눈길이 찍힌 사진 한 장이
눈에 덮인 나라로 가는 안내책자에 실려 있는 것을
며칠째 망연히 바라보고 있다.

어느 날 갑자기

그게 정말 그녀의 진심이었을까?
제자리로 돌아오기 힘들었다는 게.
어쩌면 내가 직접 손을 내밀어주길 바랐던 게 아닐까?
그녀가 원하던 건
그저 지켜보는 게 아니었는지도 모른다.

너였던 나와의 이별

내 마음의 증표로
여기, 이 책 사이에 끼워두고 간다.
넌 언제든 다시 이 책을 빼어 들겠지.
그때쯤 나는 저 멀리 떠났을 테고.

부서지지 않게 잘 간직해줘.
떨어지는 낙엽을 잡으면 사랑이 이루어진다던 너의 소망을
내가 여기 이루어주고 간다.

너를 지키지 못한 순간 함께 잃어버린 나까지
다시 찾아 돌아오려 해.
비록 오래 걸리더라도 나는 우연이든 운명이든,
뭐든지 믿기로 했다.

왜 이별을 해야 하는지 모르겠다며
처음 가로등 아래에서 눈물을 쏟던 밤
내 손을 잡아주던 너의 환영에서
나는 우리 이별의 이유를 알았지.
다시 만나기 위해서라는.

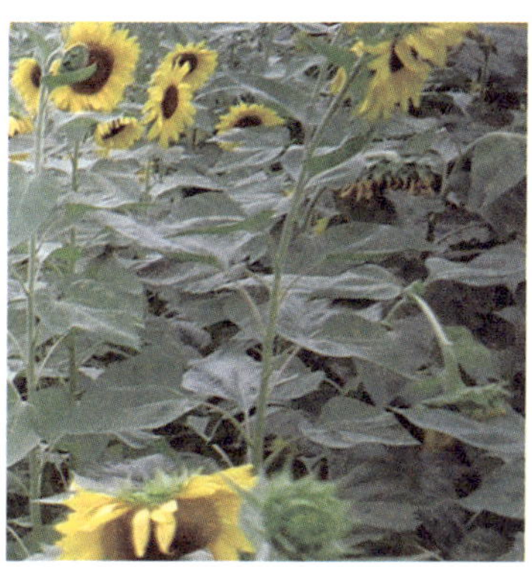

일러두기

아래 본문 사진의 저작권은 저자에게 있으며, 나머지 본문 사진의 저작권은 '시후'에게 있음을 밝힙니다.

#1 사과문   #19 사랑과 분노의 상관관계_2   #21 힘들게 너 혼자 그러지마   #22 끝까지 가봐야 알 수 있는
#40 더 용기를 냈더라면   #60 나는 꿈속에서 노래를 불렀네   #69 지금 최선을 다하지 않으면
#78 '기적'의 뜻은 '사랑을 받다'   #99 245mm에 생긴 변화

KI신서 3692
이별ing

1판 1쇄 인쇄 2011년 12월 5일
1판 1쇄 발행 2011년 12월 15일

지은이 김다예
펴낸이 김영곤   **펴낸곳** (주)북이십일 21세기북스
출판콘텐츠사업부문장 정성진   **출판개발본부장** 김성수   **국내개발팀장** 정지은
책임편집 박혜란   **디자인** 박선향   **본문사진** 시후   **해외기획** 김준수 조민정
마케팅영업본부장 최창규   **마케팅** 김현섭 김현유 강서영   **영업** 이경희 정병철
출판등록 2000년 5월 6일 제10-1965호
주소 (우 413-756) 경기도 파주시 문발동 파주출판단지 518-3
대표전화 031-955-2100   **팩스** 031-955-2151   **이메일** book21@book21.co.kr
홈페이지 www.book21.com   **트위터** @21cbook   **블로그** b.book21.com

© 김다예, 2011

ISBN 978-89-509-3448-4   03810
책값은 뒤표지에 있습니다.